결핍의 힘

최준영

2000년 문화일보 신춘문예 시나리오 부문에 당선됐다. 2005년부터 노숙인, 미혼모, 재소자, 여성 가장, 자활 참여자 등 가난한 이웃과 함께 삶의 인문학을 이야기하고 있다. 덕분에 '거리의 인문학자'라는 별명을 얻었다. 성프란시스대학(최초 노숙인 인문학 과정) 교수를 거쳐 경희대 실천인문학센터에서 강의했으며, 현재는 프리랜서 인문학 강사로 전국을 떠돌고 있다. 2019년부터 경기도 수원시 장안문 근처에서 인문독서공동체 '책고집'을 꾸려 운영 중이다.

2004년부터 경기방송, SBS라디오, MBC, 국악방송 등에서 다양한 책소개 코너를 진행했다. 지은 책으로 『최준영의 책고집』과 『결핍을 즐겨라』, 『책이 저를 살렸습니다』, 『유쾌한 420자 인문학』, 『어제 쓴 글이 부끄러워 오늘도 쓴다』, 『동사의 삶』, 『동사의 길』 등이 있다.

사유하는 어른을 위한
인문 에세이

최준영 지음

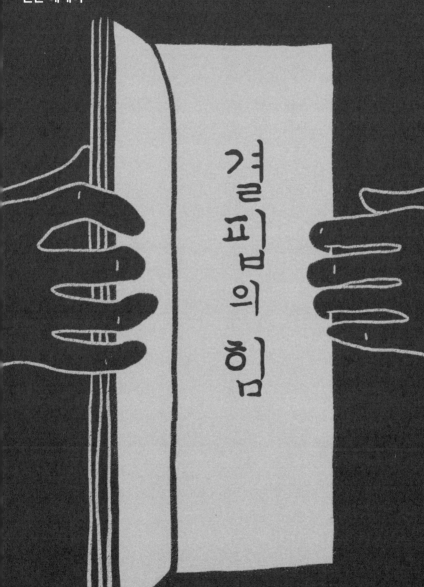

결
핍
의
힘

북바이북

결핍의 힘

2021년 5월 28일 1판 1쇄 발행
2023년 12월 26일 1판 5쇄 발행

지은이   최준영
펴낸이   한기호
편집   도은숙, 정안나, 유태선
디자인   안희원(표지), studio moonphase(내지)

마케팅   윤수연
경영지원   국순근
펴낸곳   북바이북
출판등록 2009년 5월 12일 제313-2009-100호
주소 04029 서울시 마포구 동교로 12안길 14(서교동) 삼성빌딩 A동 2층
전화 02-336-5675 팩스 02-337-5347
이메일 kpm@kpm21.co.kr
홈페이지 www.kpm21.co.kr

ISBN 979-11-90812-18-4 03810

·북바이북은 한국출판마케팅연구소의 임프린트입니다.
·책값은 뒤표지에 있습니다.
·이 책은 경기도 경기문화재단의 지원으로 발간되었습니다.

프롤로그

'거리의 인문학자'라는 이름으로 전국 방방곡곡을 돌며 강연합니다. 교도소와 노숙인 쉼터, 미혼모 복지시설, 지역 자활센터, 공공도서관 등이 저의 활동무대입니다. 강연을 다니다 보면 반나절 넘게 길에서 보낼 때도 있고, 어쩔 수 없이 여관잠을 자기도 합니다. 힘겨운 길이면서 동시에 행복한 인생 공부의 길입니다. 길에서 많이 배웁니다.

"소를 억지로 부리지 말게. 소가 가는 길이 맞는 길이네." 소를 몰아 밭을 가는 농부에게 경험 많은 촌로가 들려준 말이라고 합니다. 억지로 되는 일보다 순리를 좇으라는 말로 이해합니다. 느린 걸음으로 제 길을 가는 소는 어느새 비탈밭에 가르마를 타 놓습니다. 아, 소가 가는 길이 맞는 길입니다.

코로나19 바이러스로 사람 사이의 거리가 멀어졌습니다. 마음은 더욱 급해졌고요. 가난한 사람일수록 조급증이 심합니다. 움직여야 그나마 살아낼 수 있는데 그게 제한되고 있으니 불안할 수밖에 없는 거지요. 그러나 급할수록 쉬어 가라고 했습니다. 한가한 소리를 하자는 게 아닙니다. 인간은 느림을 통해 비로소 삶의 주체로 설 수 있습니다. 지금 서둘러서 될 일이라면 이미 그전에 됐을 일입니다.

느림은 삶과 자연의 이치를 오롯이 순치합니다. 시간성의 사유를 부박한 언어에 실어 세상사의 이치에 다가서려 기나긴 시간 몸부림쳐왔습니다. 또한, 가진 것 없는 사람들의 삶을 온전히 들여다보려고 애를 쓰기도 했습니다. 달리 이유가 있는 게 아닙니다. 저 자신이 결핍덩어리이기 때문입니다. 그러한 몸부림은 저 자신의 내면을 들여다보는 일과 다르지 않았습니다.

부박한 사유에 지면을 내어준 곳들이 있습니다. 경향신문과 중부일보입니다. 두 신문에 게재했던 칼럼과 이전에 써두었던 글들을 손질해서 다시 한데 묶었습니다. 여러모로 부족한 글인줄 압니다. 부족하지만 제 삶의 여정에서 길어 올린 오롯한 성과이기도 합니다.

저는 참 운이 좋은 사람입니다. 인문학 강의에서 만난 사람들과 함께 '책고집'이라는 이름의 인문독서공동체를 꾸리고 있습니다. 덕분에 즐겁고 행복합니다. 고마운 분들이 한둘이 아닙니다만 이 책이 나오게 된 데는 한국출판마케팅연구소 한기호 소장님과의 인연이 크게 한몫했습니다. 기꺼이 책을 만들어주시기로 한 건 원고가 좋아서라기보다 순전히 저의 삶을 응원하는 마음의 발로일 것이라 생각합니다.

저의 삶은 한마디로 결핍의 삶입니다. 그러나 결핍에 지지 않았습니다. 되레 결핍의 힘으로 살아냈습니다. 더러는 타인의 결핍도 들여다보며 어루만지려 노력했습니다. 세상 사람들이 그나마 저를 이해하고 알아주는 건 그런 노력 덕분이지 않을까 싶습니다. 고마운 마음들을 잊지 않으려면 더욱 열심히 살아야 할 것 같습니다. 경기문화재단에선 코로나로 인해 어려움을 겪는 창작자들을 위해 창작지원 사업을 시행해주셨습니다. 어쩌다 저도 거기 얻어걸렸습니다. 영광이고, 고마운 일입니다. 모쪼록 이 부족한 책이 누군가의 결핍을 어루만지는 따뜻한 위로의 한마디가 되었으면 좋겠습니다.

차례

1.

소가 가는 길이
맞는 길이다

소가 가는 길이 맞는 길이다

'명사들의 책읽기'라는 라디오 프로그램에 출연을 제안받았을 때 프로그램 이름이 꺼림칙해 일단 고사했다. "저는 명사名士가 아닙니다. 굳이 따지자면 떠돌아다니는 거리의 삶을 살고 있으니 명사라기보다 동사動詞에 가깝지요." 그 말이 재미있으니 꼭 나와달라는 데엔 도리가 없었다. 결국, 출연해 김진숙의 『소금꽃나무』를 소개했다.

'거리의 인문학자'라는 분에 넘치는 별명에 값하느라 연중 전국으로 돌아다닌다. 도시와 시골을 가리지 않는다. 교도소와 노숙인 쉼터, 지역자활센터, 공공도서관이 나의 무대다. 뚜벅이로 살다 보니 반나절 넘게 길에서 보낼 때도 있고, 부득이 여관잠을 자기도 한다. 고난의 길이기도 하지만 사실 행복한 인생 공부의 길이다. 길에서 참 많이 배운다.

고속도로를 지날 때면 늘 그 옆의 느린 마을을 보게 된다. 느린 마을의 노인이 느린 걸음으로 더 느려터진 소를 달고 밭으로 나간다. 게으른 강아지가 느리게 짖어댄다. 느린 걸음으로 걷다가 잠시 멈춰선 산들은 머리꼬덩이가 뽑히고 명치께에 횅하게 바람구멍이 뚫려도 그저 말없이 돌아누웠을 뿐이다. 고속도로와 느린 마을이 만나 내 삶의 속도를 돌아보게 한다. 거기, 느린 마을에 슬며시 스며들면 좋겠다. 무에 이리도 바쁘게 산단 말인가.

노동현장을 전전할 때였다. 주로 모래와 시멘트 섞는 일을 했는데, 뜻밖에도 거기서 느림의 힘을 알게 됐다. 몇 삽 크게 푸고 허리 펴기를 반복했더니 나이 지긋하신 어르신이 암묵지를 알려주셨다. "욕심내서 한 삽 크게 뜬다고 일이 빨라지는 게 아니야. 조금씩 떠서 천천히 해봐. 그럼 거짓말처럼 힘도 덜 들고 일도 금방 끝낼 수 있을 거야." '많게, 자주' 대신 '적게, 천천히'가 오랜 경험에서 길어 올린 어르신의 암묵지였다.

"소가 가는 길이 맞는 길이여. 억지로 부리지 말게나." 말귀 어두운 소를 모느라 애쓰는 농부를 본 촌로가 해준 말이다. 소걸음으로 천리를 간다고 했던가. 느린 걸음으로 제 길을 가는 소가 어느새 비탈밭에 가르마를 타놓는다. 서투른 농부가 몰랐던 삶의 지혜다. 소가 가는 길이 맞는 길이다.

계절이 계절인데도 신록을 예찬하는 이가 드물다. 코로나 바이러스 탓이려니 싶지만, 그것만 핑계할 일이 아니다. 입으로 들어오는 바이러스보다 마음에 들러붙은 공포와 불안, 낭패감이 무기력을 길렀다. 무기력은 곧 조급증으로 이어진다. 시간성의 상실이다. 공간은, 혹은 자연은 시간성의 인식 위에서 온전히 제 모습을 드러낸다. 시간과 공간, 인간이라는 삼간三間의 어우러짐이 그것이다.

모두가 시간에 쫓기듯 움직인다. 이 벗어날 수 없는 질병을 카프카는 '조급함'이라 불렀다. "모든 죄가 파생되어 나오는, 두 가지 주된 인간적인 죄가 있다. 그것은 조급함과 태만함이다. 조급함 때문에 그들은 낙원에서 추방되었고, 태만함 때문에 돌아가지 못한다. 그러나 주된 죄가 단지 한 가지라 한다면, 그것은 아마 조급함일 것이다. 조급함 때문에 그들은 추방되었고, 조급함 때문에 돌아가지 못한다."(조효원 평론집 『다음 책』에서)

신은 인간을 채찍이 아니라 시간으로 길들인다. 조급함은 신의 눈치를 보는 일이다. 느림을 통해 비로소 인간은 주체로 설수 있다. 느림이란 삶과 자연의 이치를 오롯이 삶의 현장 속에서 발견하고 순치하는 일이다.

연전 울산에서 만난 택시기사의 말을 되뇌어본다. "게으른 놈 놀기 좋고, 부지런한 농부 일하기 좋을 만큼 내리네요." 비를 피해 급하게 택시에 오르는 내게 해준 말이다. 순간 나의 조급함이 부끄러웠다. 게으른 농부 놀기 좋고 부지런한 농부 일하기 좋을 만큼이라니. 그냥 인문학이다. 시간성의 사유가 핍진한 언어에 얹혀 자연의 흐름을 형상화했다. 느리게 달린 택시는 맞춤한 시간에 나를 강의장에 내려주었다. 아, 소가 가는 길이 맞는 길이다.

휴먼카인드

지난 1월, 보도사진 한 장이 장안의 화제였다. 함박눈이 쏟아지는 날이었다. 서울역에서 대통령의 새해 기자회견을 기다리고 있던 사진기자가 역 광장에서 장면 하나를 포착했다. 신사 한 분이 노숙인에게 다가가 자신이 입고 있던 외투와 장갑을 벗어주고 돈까지 쥐여주는 모습이었다. 기자는 무엇에 홀린 듯 정신없이 셔터를 눌렀다. 기자가 신문사로 전송한 사진이 인터넷판에 오르자 삽시간에 퍼져나갔다. 한 장의 사진이 겨울 한파를 일거에 날려버렸다. 신사에게 외투와 장갑을 받은 건 노숙인 한 사람이었지만, 그로 인해 따뜻함을 느낀 건 수천, 수만의 시민이었다. 그와 함께 산다는 게 자랑스러웠다.

그로부터 사흘 뒤 작은도서관 '책고집'으로 편지 한 통이 날아왔다. 대전우체국 소인이 찍혀 있는 걸 봐서 대전역 주변에서 인문학 강좌를 들었던 내 친구(인문학 강좌로 만나 교류하고 있는 젊은 노숙인)가 보낸 게 아닐까 상상했다. 뜯어보니 다른 사람이 보낸 것이었다. 한 자 한 자 꾹꾹 눌러 쓴 손글씨가 매우 인상적이었다. 정성스럽게 쓴 글자가 편지지 네 장을 빼곡히 채우고 있었다. 실로 구구한 사연이 담겨 있었는데, 결론은 도와 달라는 것이었다.

젊어 한때 실수로 교도소에 들어갔고, 무려 18년 6개월을 복역한 뒤 지난 연말에 출소했다. 가진 돈 전부를 털어서 고시원에 '달방'(보증금 없는 월세방)을 얻었더니 밥 먹을 돈이 없다. 석방된 지 스무날이 넘었는데 밥이라곤 딱 두 끼를 먹었을 뿐이다. 대전역 근처에 쓰러져 있다가 우연히 집어 든 잡지에서 '최준영'이라는 이름을 발견했다. 교도소에 있을 때 교도관이 건네준 책을 통해 '거리의 인문학자 최준영'을 알고 있었다. 반가운 마음에 역무원에게 어렵사리 스마트폰을 빌린 뒤 '책고집'을 검색해 주소를 알아냈다. 도와주면, 기필코 일어서겠다. 고마움 잊지 않겠다.

편지지의 끄트머리에 계좌번호가 적혀 있었다. 지체 없이 계좌로 돈을 보냈다. 아껴 쓴다면 한 달 정도는 버틸 수 있을까 싶을 만큼이었다. 이것저것 따지며 깊게 생각했다면 보내지 않았을 것이다. 돈을 보내야 할 결정적 이유는 없었다. 보내지 말아야 하는 이유는 수두룩했다. 혹시 전문 꾼이 아닐까, 나쁜 버릇만 들게 하는 건 아닐까? 이렇게 도와준들 얼마나 도움이 될까? 오히려 자활의 의지만 꺾어버리는 건 아닐까? 밥값이 아니라 술값을 보태는 건 아닐까? 다행히도, 쓰나미처럼 밀려든 잡념들은 죄다 돈을 보내고 난 뒤에야 들이닥쳤다.

부끄러운 줄도 모르고 이런 글을 쓴다. 오른손이 한 일을 왼손만 모르게 하고, 세상 모두에게는 부지런히 알리는 중이다. 제 딴에는 누군가에게 선행을 베풀었노라고, 내가 이리도 대범한 사람이라고. 아무려나 나는 요즘 즐겁고 설렌다. 언젠가 그에게서 연락이 올 것만 같다. 불쑥 내 앞에 나타나서 그동안 돈 좀 벌었다며 한턱내겠다고 말할 것만 같다. 즐거운 상상이다. 이미 충분한 대가를 받은 셈이다.

즐거운 상상이 즐거운 일상을 만든다. 나의 즐거운 상상이 또 다른 누군가를 즐겁게 해줄 수 있다고 믿는다. 우울증을 14일 만에 극복하려거든, 한 사람을 정해서 매일 그 사람을 어떻게 기쁘게 할 것인지 생각해보라고 한다. 다른 사람을 살펴보고 어떻게 하면 다른 사람을 행복하게 만들까를 생각하는 것이 곧 사랑의 시작이고, 성장의 시작이며, 뜻하지 않게 자기 안의 우울증을 극복할 비결이다. 심리학자 아들러의 말이다.

사람은 '사람人 + 사이間'이다. 우리는 늘 누군가의 사이에 존재한다. 사이는 관계다. 관계를 만들어주는 것이 이웃이다. 이웃이 있어 우리는 비로소 사람이다. "사실 사람들은 선한 사람이 되기 위해 열심히 노력하며 커다란 고통도 참아낸다. 좋은 사람이 되려고 애쓰는 데 온 힘을 쏟는다."(뤼트허르 브레흐만 지음, 『휴먼카인드』에서) 그걸 외면하지 말자고, 뤼트허르 브레흐만은 그리도 방대한 책을 냈나 보다.

여기선 묻지 않아요

근 20년간 다양한 인문학 강좌에 참여했다. 정규 대학에서라면 어림도 없는 일이겠지만 '거리의 대학'에선 인기 강사 대접을 받기도 했다. 덕분에 지금껏 연중 쉬지 않고 강의한다. 인상 깊었던 강좌가 많지만 그중 여성노숙인쉼터 강좌를 잊을 수 없다. 서울에만 40여 곳의 노숙인쉼터가 있다. 그중 여성노숙인쉼터가 몇 개나 되는지를 아는 사람은 거의 없다. 일단 잘 보이지 않는다. 주택가 한중간에 들어가 있는 데다 간판조차 달지 않는다. 생각해보라. 여성노숙인쉼터의 간판을 다는 순간 무슨 일이 벌어지겠는가.

내가 강의했던 곳 역시 주택가 한복판에 있었다. 버스에서 내려 비좁고 비탈진 골목을 오르다 보면 파란색 철제 대문집이 나온다. 그 집으로 일주일에 한 번 ─ 손님처럼 혹은 퇴근하는 가장

처럼 — 불쑥 들어서면 그게 강의의 시작이다. 딱히 강의실이랄 곳도 없다. 거실에 밥상을 펴놓고 10여 명이 둘러앉으면 그만이다. 강의라지만 거의 혼잣말을 하는 식이다. 도통 말이 없는 데다 질문을 극도로 경계하는 분들이다. 과거는 말할 것도 없거니와 현재의 생활이 어떤지조차 물어선 안 된다.

한 달여 만에 첫 말문이 열렸고 그게 도화선이었다. 이후 듬성듬성 대화가 이어졌다. 일상적인 얘기가 대부분이었지만 더러 지나온 삶을 이야기하는 이도 있었다. 얼핏 보면 그저 착하고 순하고 조용하고 예의 바르고 수줍음 많은 이들이다. 살아온 이야기를 듣다 보면 보이는 것과는 전혀 다른 사람이라는 걸 알게 된다. 노숙인, 그것도 여성 노숙인이란 대체 어떤 사람일까? 고통스러운 삶을 견뎌내고 있는 슬프고 괴롭고 외로운 사람이다. 깊은 상처를 입고도 치유하지 못한 채 조용히 신음하며 버티는 삶이다.

그날은 마침 노동문제를 이야기하고 있었다. 한 분이 자신이 겪은 일을 털어놓았다. 휴대폰 케이스를 생산하는 공장에 다닌다. 일한 지 두 달이 지났다. 그런데 급여를 한 번도 받지 못했다. 그 대목에서 말을 끊고 끼어들었다. 왜 사장에게 따지지 않느냐고. 돌아온 대답이 어이없다. "사장님도 오죽 힘들면 그러겠어요." 놀라울 따름이다. 더 놀라운 건 나 혼자만 그런 표정을 지었다는 것이다. 함께 듣고 있었던 대부분은 되레 그의 얘기에 공감하는 표정이었다.

"관심은 고맙지만 그만 물으셨으면 좋겠어요." 급여 이야기를 다시 꺼냈다가 들은 말이다. 거짓말 같은 현실이다. 그 거짓말 같은 현실을 아무렇지도 않게 받아들이는 사람들이 있다는 게 또한 거짓말 같다. 방 한 칸 얻을 돈이 없어서 쉼터를 전전하는 사람들이다. 그런데 급여를 주지 않는 공장 사장을 두둔한다. 동료들은 그걸 그저 흔한 일이려니 치부한다. 부당함에 맞설 용기, 권리를 주장할 의지 따위 내려놓은 지 오래다. 살았으되 사는 것 같지 않은 삶이 아닌가.

비현실적인 현실을 사는 사람들과 꼬박 한 계절을 함께했다. 흔들리는 내 의식을 바로잡아준 사람 또한 그분들 가운데 있었다. 이따금 통화하는 그분이 위로인 듯 결코 위로일 수 없는 말을 내게 들려주었다. "여기선 아무도 다른 사람에 관해서 묻지 않아요. 각자 비밀을 지키며 사는 거죠. 그걸 알려고 드는 순간 걷잡을 수 없는 일이 생긴다는 걸 우린 잘 알거든요. 최소한의 일이 조용히 사라지는 거고, 나머지는 상상에 맡길게요. 강사님 다 좋은데, 자꾸 뭔가를 물으셔서 부담스러웠어요. 여기선 묻지 않아요."

인문학은 묻는 학문이다. 자신의 내면을 향한 물음에서부터 세계를 향한 물음까지. 그러한 물음을 통해 길어 올린 것이 인문학적 사유다. 여성 노숙인 강의를 통해 인문학적 사유의 또 다른 면도 알게 되었다. 묻지 말아야 하는 것에 대해서는 묻지 말아야 한다. 누군가의 결핍과 누군가의 상처를 덧내는 물음이라면 결코 물어서는 안 된다. 다른 방식의 소통을 고민해야 한다. 속절없이 묻는 대신 진득한 눈빛으로 말없이 오래도록 바라봐주는 것이라든지.

굿바이, 전태일

열일곱 살 때 나는 공장노동자였다. 낮엔 구두공장에 다녔고, 저녁에는 야학에서 공부했다. 공장일 마치고 야학에 갈 때면 언제나 옆구리에 책을 끼고 다녔다. 앙드레 지드의 『좁은 문』과 헤르만 헤세의 『데미안』을 번갈아가면서. 시력과 상관없이 검은색 뿔테 안경을 끼고 다녔던 것도 그즈음부터였던 것 같다. 제 딴에는 대학생으로 봐주길 바랐던 것이다. 겉으론 대학생이길 바랐지만, 속으론 노동자의 정체성을 키우고 있었다. 가방에는 야학교사가 건네준 문건이 들어 있었는데 그중 '어느 청년노동자의 삶과 죽음'도 있었다. 그러니까 나는 『전태일 평전』이 나오기 전에 '전태일 평전'을 읽은 셈이다.

문건에서 책으로 변신한 『전태일 평전』(이하 '평전', 1983년에 돌베개에서 초판이 나왔다)을 처음 만난 건 대학생 때였다. 조영래 변호사가 저자라는 것도 그때에야 알게 되었다. 이후 몇 년을 주기로 '평전' 읽는 습관을 유지했다. 삶이 팍팍하다거나 의지가 꺾일 때, 외롭고 고달프고 힘들 때마다 습관처럼 책장에서 '평전'을 뽑아 들었다. 여러 번 읽었지만 읽을 때마다 새로웠고, 늘 속이 울렁거렸다.

올해(2020년) 나온 50주기 기념 개정판은 아직 사지 않았다. 책을 사고 말고가 중요한 게 아니다. 근본적인 고민에 휩싸여 있다. 이제는 그만 읽을까 싶다. 아무것도 하지 않으면서 책만 읽는 게 무슨 소용인가 싶고, 변하지 않는 현실에서 전태일만 우려먹고 있는 게 아닌가 싶은 것이다. 회의가 밀려든 건 '희망버스'에 합류하던 때부터였다. 그보다 먼저 『소금꽃나무』를 읽었는데, 거기 '70년에 죽은 전태일의 유서와 2003년에 죽은 김주익의 유서가 같은 나라'라는 대목이 있다. 딱 거기서 읽기를 멈췄다. 현실은 책보다 더 잔인하다. 김진숙에게, 우리에게 어이없는 끝말잇기를 제안한다. 1970년에 죽은 전태일과 2003년에 죽은 김주익의 유서가 같은 나라, 2016년 구의역에서 참사를 당한 청년 김 군과 2018년에 죽은 비정규노동자 김용균과 2020년에 죽은 택배 노동자들의 소망이 같은 나라…….

지난 주말 전태일 열사 50주기를 맞아 전국적으로 추모행사가 진행되는 것을 봤다. 열사에게 국민훈장 무궁화장이 추서됐고, 방송은 앞다퉈 기념 프로그램을 송출했다. 일군의 친구들은 열사의 고향 대구를 방문해 추모의 열기를 이어갔고, 문화예술계에선 열사의 정신을 기리기 위한 다양한 작업을 진행 중이다. 반세기 만에 처음으로 전태일 열사를 '제대로' 추모하고 있는 셈이다.

그런데 정작 열사가 마지막으로 외쳤던 "근로기준법을 준수하라!"라는 단말마의 구호에는 아무런 답이 없다. 50년 전에 죽은 열사는 추모하면서 불과 며칠 전 생활고를 견디지 못해 생을 마감한 항공사 승무원의 죽음에는 아무도 관심을 갖지 않는다. "내 죽음을 헛되이 하지 말라!"는 외침에는 이렇게나 거창하게 답을 하면서, 정작 다음 달에 내야 할 월세와 전기세를 남겨둔 채 아무 말도 없이 생을 마감한 가난한 모녀의 죽음에 대해서는 그 누구도 반응하지 않는다.

전태일의 의미를 모르지 않는다. 그 정신을 통해 노동의 가치와 의미를 환기하고 나아가 노동의 조건과 환경을 바꾸자는 것인 줄 안다. 반대할 이유도, 깎아내릴 이유도 없다. 다만, 언제부턴가 전태일과 노동이 따로 노는 것 같다는 생각이 들기 시작했다. 전태일은 전태일이고, 현실은 현실이라는 인식이 만연한 것 같다. 둘 중 하나만 택하기를 강요하는 것 같다.

『역사란 무엇인가?』가 나온 지 40년이 지난 뒤 『굿바이 E.

H. 카』가 출간됐다. 카를 극복하고 해체하는 것으로 그의 진보적 역사관을 계승, 발전시키자는 의미에서다. 이제 우리도 전태일을 내려놓을 때가 됐다. 전태일을 해체하는 것에서 현실의 노동은 다시금 생명력을 얻게 될 것이다. 굿바이, 전태일.

결핍의 힘

"굽이굽이 에돌아가는 길은 더디지만 정다운 길입니다. 산천을 벗 삼고 가는 길입니다. 생명을 다치게 하지 않는 살림의 길입니다." 신영복 선생님의 글이다. 선생의 글엔 좋은 글이 많지만 그중에서도 유난히 이 글이 좋다. 말인즉, '곡즉전曲卽全'이다. 굽은 것이 외려 온전한 길이라는 의미다.

곧게 뻗은 신작로 같은 인생을 살고 싶었다. 그리 살지 못했다. 한탄하고 자책하는 나날이 길었는데, 그게 고스란히 내 사유의 골을 파는 일이었다. 그 덕분에 지금 울울창창 살림의 삶을 살고 있다. 손대는 것마다 성공했더라면 나는 지금보다 훨씬 시건방진 사람이 되었을 것이다. 굽이굽이 에돌았던 만큼 겸손이라는 걸 알게 됐다. 참 다행스러운 일이다.

사람은 본디 부족한 존재다. 부자이거나 권력자라고 예외일

리 없다. 가난한 사람들은 정도가 더 심할 테고, 부자들 역시 저마다의 결핍을 안고 산다. 어쩌면 결핍은 우리네 삶의 원형일지 모를 일이다.

결핍을 대하는 태도에서 삶이 갈린다. 어떤 사람은 결핍으로 인해 좌절하지만 어떤 사람은 결핍을 경쟁력으로 승화시킨다. 유명인 중에도 그런 사람이 있고, 평범한 삶을 사는 사람 중에도 그런 사람이 있다. 사생아로 태어나 부모 재산의 상속 권한도 없이 자라났던 레오나르도 다빈치에게 결핍은 되레 성장의 발판이 되었다. 조선 후기의 실학자 이덕무 역시 서자라는 결핍을 극복한 사람이다. 혁신의 아이콘, 스티브 잡스 또한 그런 경우였다.

평범한 사람 중에도 자신의 결핍을 괴로워하다 마침내 그것을 극복하고 우뚝 일어선 사람이 많다. 가난했지만 굴하지 않고 자수성가한 사람, 배움이 짧았지만 한 분야에서 뚜렷한 성과를 이루어낸 사람, 장애를 극복하고 삶의 모범을 보여준 사람, 무엇보다도 실패와 좌절을 이겨내고 새로운 희망을 만들어낸 사람들.

2005년 노숙인을 위한 인문학 강의에 참여하면서 참으로 다양한 결핍들과 조우했다. 사업에 실패한 사람, 방탕한 생활로 현실을 피폐하게 만든 사람, 사랑하는 사람과 헤어진 뒤 비관의 구렁텅이에 빠져버린 사람. 그중에서도 특히 사랑에 실패해 절망의 나락에 빠진 사람에게 관심이 갔다. 그 덕분에 배울 수 있었다. 새삼 사랑은 책임이며 존중이라는 것을. 대부분 사랑에 실패한 사람은 자아가 강한 사람, 즉 자기중심적 사고에 빠진 사람이었다. 자기중심적 사고패턴이 사랑의 장애물이 되었던 셈이다. 사랑은 혼자 하는 것이 아니라 끊임없이 나누며 함께하는 것임을 몰랐던 탓에 상대에게 상처를 주고, 결국은 스스로 상처를 떠안은 경우였다.

이쯤에서 나의 결핍을 이야기해야겠다. 아버지 없이 살았다. 4살 때 돌아가셨다니 아예 기억에도 없다. 가난은 기본이었고, 무엇보다 수시로 몸과 마음을 움츠리곤 했다. 어머니의 부질없는 염려가 위축감을 키웠다. 애비 없는 놈 소리 듣지 않게 조심 또 조심하라는 말을 귀가 닳도록 들으며 자랐다. 그러나 그게 내 성장 동력이 되었다. 어려서부터 집안의 대소사를 손수 해결해야 했다. 관공서에 갈 일이 있으면 글을 모르는 어머니 대신 내가 갔다. 마을 어른들과 회의를 해야 할 때도 집안을 대표해서 내가 나갔다. 어린 나이에 어른의 삶을 경험하며 살았다. 그 덕분에 책임감을 키웠다.

대학을 중퇴했다. 1980년대라는 특수성을 내세워 그럴듯한 중퇴의 이유를 늘어놓을 수도 있겠다. 그러고 싶지 않다. 그냥 졸업장 없이 학교를 박차고 나왔다. 그 탓에 취직할 곳이 없었다. 취업 시장에선 대학 졸업자를 찾을 뿐이었다. 졸업장 없이도 들어갈 수 있는 직장을 찾다 보니 한겨레신문사가 눈에 띄었다. 좀 별난 회사였다. 등록 학기만으로도 호봉을 인정해주고, 구속 이력 역시 호봉에 반영해주는 회사였다. 입사 후 듣자 하니 엄청난 경쟁을 뚫은 것이란다. 은연 뿌듯했다.

고교 과정은 야학에서 공부했다. 동료 학생들은 대부분 공장 노동자였는데, 정말이지 열악한 환경에서 생활하는 친구들이 많았다. 대학 시절에는 야학 교사를 했다. 역시 공장노동자들과 어울리며 살았다. 20세기의 야학 학생이 21세기에는 인문학 강사로 변신했다. 번듯한 대학의 강사가 아니라 노숙인 인문학 강좌의 강사다. 아무려나 마음 편했다. 난 언제나 가난 근처를 떠도는 인생이려니 싶었다. 마음은 부자였다. 말 그대로 마음 부자. 이리도 여유로운 마음 부자가 되기까지 참으로 굽이굽이 에돌았다. 그 덕분에 마음에 근육이 생겼고, 삶이 즐거워졌다. 결핍의 힘이다. 결핍은 힘이 세다.

금언과 그 밖의 생각들

잘 살고 싶었다. 잘 살기 위해 주어진 과제들을 열심히 했다. 그러나 내게 주어진 일이란 늘 누군가의 뒤를 따르거나 정해진 틀 안에서 버둥거리는 것이었다. 잘 사는 대신 자유로운 삶을 살기로 했다. 그러나 내게 주어진 자유란 현재 조건의 산물일 뿐이었다. 자유의 폭을 넓히려면 우선 주어진 일을 열심히 해야 했다. 제자리를 맴돌 뿐이었다. 결국 잘 살지도, 자유롭지도 않은 삶이 되고 말았다. 삶이란 의도한 대로 되는 것이 아니었다. 그렇기로 '될 대로 되라'의 삶을 살 수만은 없었다.

뒤늦게 알게 됐다. 삶은 결과가 아니라 과정이라는 것을. 그동안은 지나치게 목적지향의 삶을 살았다. 결과가 곧 행복일 거라 믿었다. 착각이었다. 진자의 운동은 목적이 없다. 다만 움직일 뿐이다. 삶도 그러하다. "인간의 생각은 악보이고, 인간의

삶은 재즈처럼 비딱한 음악이다."(율리 체 지음, 『형사 실프와 평행우주의 인생들』에서)

우주의 질서가 클래식 음악의 음율이라면 인간의 삶이란 도심 밤거리의 불빛처럼 한없이 흔들리는 카오스의 심연일 뿐이다. 우리는 늘 삶의 질서를 위해 발악하지만 매양 맞닥뜨리는 현실은 무질서의 수렁이다. 수렁을 벗어나려 발버둥 칠 것인가, 재즈처럼 비딱한 음악을 살 것인가. 아, 삶의 정답을 찾기란 얼마나 덧없고 허무한가.

"상한 와인을 마셔본 사람만이 훌륭한 와인을 알아볼 수 있다." 얼핏 그럴싸하게 들리는 금언이다. 사람들은 손쉽게 그런 말에 속고, 심지어 위로를 받았다고 믿는다. 그럴 리 없다. 죽음의 의미를 알기 위해 죽음을 결행하라는 말처럼 들린다. 그럴싸하게 들린다고 다 좋은 말이 아니다. 공허한 관념의 조작일 뿐이다. 상한 와인을 마시면 속만 거북해질 뿐이다.

소위 명언이니 격언이니 하는 것 중에는 허무맹랑한 흰소리가 많다. 철학자이며 수학자인 버트런드 러셀은 짐짓 '금언 감별사'로 보이기도 한다. 얼치기 금언을 색출해 철퇴를 내려친다. 통렬하고 시원하다.

"학창시절에 매질이나 채찍질을 당했던 사람들 대다수가 그 덕분에 자신이 향상되었다고 믿고 있다. 내가 볼 때 그렇게 믿

는 그 자체가 체벌의 악영향 중의 하나이다."『인간과 그 밖의
것들』에 나오는 말이다. 체벌이 학생을 향상시킨다는 착각 혹
은 집단 무의식을 단칼에 베어버린다. 러셀의 금언 감별은 계속
된다.

"어느 바보가 지휘하는 법을 알려면 먼저 복종하는 법을 배
워야 한다고 말했다. 이것은 진실과 정반대이다. 복종하는 법을
배운 사람은 자기만의 독창성을 몽땅 잃게 되거나, 권위자들에
대한 분노로 결국 파괴적이고 잔인한 쪽으로 변하게 될 것이
다."그렇다. 와인의 맛을 알기 위해 부러 상한 와인을 마시고
폭력의 긍정적 의미를 알기 위해 자신을 폭력으로 내모는 사람
은 없다. 인간은 대체로 경험을 통해 교훈을 얻는다는 말을 좀
더 그럴싸하게 하려고 억지로 쥐어짠 말들이다.

"이보게, 로비노. 인생에는 해결책이 없어. 다만 추진력이 있
는 거야. 그런 힘을 창출해야 하고. 그러면 해결책은 뒤따라오
는 법이네."생텍쥐페리의 소설『야간비행』에 나오는 문장이
다. 비행책임자 리비에르는 파비앵의 추락 이후 의욕을 잃었을
법하지만, 그의 생각과 말은 더욱 견고해진다. 그렇다. 인생에
해결책이란 없다. 다만 추진력이 있을 뿐이다. 역시, 인간의 삶
은 재즈처럼 비딱한 음악이다.

귀 기울이면 비로소 들리는 것들

파울로 코엘료의 소설은 대체로 초기작들이 좋다. 개인적으로 좋아하는 건 삶과 죽음의 문제를 진지하게 다룬 『베로니카, 죽기로 결심하다』다. 거기에 '미쳤다'는 말의 의미를 묻는 일화가 나온다. 꽤 인상적이었다. 미쳤다는 건 보통의 사람들과 다른 표현 방식을 갖는 것이다. 이를테면 '넥타이'라고 표현하면 될 것을 굳이 '목에 맨 긴 천'이라고 하는 식이다.

말이 다르다고 해서 모두 미쳤다고 할 일은 아니다. 우리는 언젠가부터 같은 말, 같은 표현을 하는 것을 문명인의 자랑처럼 여기고 있다. 그러나 모든 생명과 사물에 저마다 고유한 의미가 있다. 획일화는 위험하다. 파울로 코엘료 식으로 말하건대, 미쳤다는 건 세상 사람들이 다 마신 우물물을 마시지 않았거나, 아무도 마시지 않은 우물물을 마신 것일 뿐이다.

아프리카 사람들은 북소리로 말을 한다. 북소리는 특히 멀리 떨어져 있는 사람에게 의사를 전달하기에 맞춤한 소통수단이다. 그들의 말을 들어보자. "너의 발길이 갔던 길을 돌아오게 하라. 너의 다리가 갔던 길을 돌아오게 하라. 너의 발과 다리가 우리 마을에 서게 하라." 대체 무슨 말일까? 의외로 단순한 말이다. '집으로 돌아오라'는 말이다.

제임스 글릭의 『인포메이션』에서 소개한 북소리로 소통하는 아프리카 북꾼들의 말하는 방식이다. 인상적인 표현이 많다. "땅의 흙덩어리 위에 등을 대고 누워 있는 것"은 '시체'를 이르는 말이다. "입까지 올라온 심장을 제자리에 돌려놓으라"는 '무서워하지 말라'는 말이다. "입까지 올라온 심장을 제자리에 돌려놓으라"는 한 표현을 보니 에드바르트 뭉크의 〈절규〉가 떠오르기도 한다. 아, 무서움이란 심장이 입까지 올라오는 것이었다.

몸의 유연성과 리듬감이 좋은 아프리카 사람들은 시적 감성도 풍부했던 모양이다. 경이로울 따름이다. 아메리카 인디언들 역시 시적이면서도 아름다운 말을 한다. 특히 사람의 이름을 그렇게 불렀다. '주먹 쥐고 일어서, 늑대와 춤을, 앉은 소, 구르는 천둥, 열 마리 곰, 느린 거북, 방랑하는 늑대……'

자연과 더불어 사는 사람들의 언어란 이토록 소박하면서도 눈부시게 아름답다. 삶의 지혜가 고스란히 묻어나는 자연의 언어라 할 만하다. 단순히 재미로만 볼 것이 아니다. 닮을 일이다. 타락하고 찌든 현대문명이 지향할 것은 막연한 발전을 희구하는 일이 아니다. 아프리카 북꾼의 시적인 메시지와 아메리카 인디언의 자연의 모습을 닮은 이름들에 귀 기울여야 한다.

너의 발이 갔던 길을 돌아오게 하라. 너의 다리가 갔던 길을 돌아오게 하라, 너의 발과 다리가 우리 마을에 서게 하라, 입까지 올라온 심장을 제자리에 돌려놓으라, 주먹 쥐고 일어서, 늑대와 춤을, 앉은 소, 구르는 천둥, 열 마리 곰, 느린 거북, 방랑하는 늑대…….

욕망에 사로잡혀 방황하는 우리의 정신을 불러들이는 소리다. 어쩌면 우리는 아프리카 사람들이나 아메리카 인디언들이 마신 우물물을 아직도 마시지 못한 사람들일지 모른다. 그들의 시적 표현을 모른 체 획일성과 몰개성에 찌든 우리가 정녕 미쳐버린 것일지 모른다. 이제라도 자연의 소리에 귀를 기울여야 한다. 가만히 귀 기울이면 들린다. 새가 우는 소리, 시냇물이 흐르는 소리, 아가들의 울음소리. 아기가 한 번 웃을 때마다 산에 들에 꽃봉오리가 하나씩 열린다.

사람아 아, 사람아!

"혁명의 격정만을 이야기하고 혁명의 서정을 말하지 않는 것은 편향이다." 29년 전 처음 읽었을 땐 눈에 들어오지 않던 이 문장을 다시 읽으며 발견했다. 다이허우잉의 소설 『사람아 아, 사람아!』에 나오는 저우언라이의 말이다. 편향의 극단으로 치닫고 있는 '지금, 여기'의 현실 탓일 테다. 책은 오롯이 29년 전의 '그날들'로 데려다주었다.

1991년, 복학 후 전망 부재의 나날을 보내고 있었다. 그해 4월 도서관을 박차고 나와 거리로 나섰다. 백골단의 쇠파이프에 명지대생 강경대가 쓰러졌다는 소식을 접한 뒤였다. 사나흘이 멀다 하고 분신과 투신이 이어졌다. 언론에선 '분신 정국'이라 불렀고, 시인 김지하는 '죽음의 굿판을 걷어치워라'라는 칼럼을 신문에 기고했다. 노태우 정권은 더욱 적나라하게 폭력의 마각을 드러냈다.

5월 25일 대한극장 앞, 경찰의 토끼몰이식 진압에 쫓긴 일군의 시위대가 좁은 골목으로 몰렸고 차례로 쓰러졌다. 백골단이 쓰러진 시위대를 밟고 올라 방패로 내리찍으며 최루가스를 뿌려댔다. 숨조차 쉴 수 없었다. 부슬부슬 비가 내리고 있었다. 폭력의 회오리가 훑고 지나간 현장에는 깨진 안경과 널브러진 신발이 무덤 같은 봉우리를 이루었다. 몸이 심하게 흔들렸다. 떨고 있었다. 떨면서 울었고, 울면서 떨었다. 앞이 보이지 않았다. 깨진 안경을 포기했지만 신발은 꼭 찾아야 했다. 자취방 친구의 신발을 빌려 신었었다. "여러분, 백병원으로 갑시다. 사람이 죽었어요." 애절한 목소리가 골목을 휘감았다. 나무판 위에 실려갔던 그는 끝내 깨어나지 못했다. 그 뒤로도 며칠 동안 유령처럼 도심 골목을 떠돌았고, 밤이면 김귀정 열사의 시신이 안치된 백병원 근처를 배회했다.

외대에서 정원식 총리가 밀가루를 뒤집어쓴 뒤 시위 열기가 한풀 꺾였다. 급격한 수세국면에 당황하며 서총련 '비트'에 숨어들었다. 현장 증언자로 김귀정 열사 살인 진상규명을 위한 조사작업에 참여하기 위해서였다. 밤이면 삭발한 수배자들이 모여들었다. 소설가 윤정모는 수시로 음식을 공수해줬고, 작가 서해성의 입담에 흘려 밤을 지새우곤 했다.

여름이 다 되어서야 학교로 돌아왔다. 도서관에 자리를 잡았지만, 마음은 여전히 도심 골목을 떠돌았다. 취업준비든 뭐든 해보려면 영어공부가 시급했지만 집중할 수 없었다. 무엇이든 손에 잡히는 대로 읽어댈 뿐이었다. 『사람아 아, 사람아!』를 그때 읽었다.

1957년 허징후는 C대학 당위원회 서기 씨리에의 행태를 비판하는 대자보를 붙인 뒤 반혁명분자로 몰려 쫓겨난다. '백가쟁명 운동'의 출발이자 문화대혁명의 전조다. 오랜 기간 고통의 나날을 보내고 다시 학교로 돌아온 허징후는 여전히 치열한 문제의식을 산다. 그가 사랑했던 쑨위에는 사랑 대신 편의와 도피를 택했던 과거에서 빠져나오지 못한 채 허무를 산다. 쉬허엉종은 여전히 권력의 눈치를 보며 부유한다. 사랑을 저버리고 영욕의 현실을 맞닥뜨린 자오전후안의 불행은 자업자득이다. 작가는 역사의 격동을 겪은 사람들의 이야기를 담담하게 풀어낸다. 특정인의 시각에 의존하는 대신 등장인물 각자가 1인칭 시점으로 자신의 회한을 술회하는 방식이다.

삶이란 누구에게나 힘겹고 고통스러운 여정이다. 그 여정에서 누군가는 깊어지고 누군가는 단단해진다. 누군가는 낙오하며 누군가는 비열해진다. 특히 역사의 격동을 겪어낸 사람들의 가슴엔 커다란 바람구멍이 나 있게 마련이다. '지금, 여기'의 우리는 서정을 이야기하지 않는 편향을 넘어 극단으로 치닫고 있다. '래디칼하되 익스트림하지 않게'를 외치던 그때 그 시절이 되레 그립다. 극단의 현실에서 서정을 이야기하자고 제안하는 건 어리석은 일일지 모르겠다. 그럼에도 지금 우리에게 필요한 건 저마다 가슴에 난 바람구멍을 메워줄 서정을 이야기하는 것이다.

우리는 무엇을 아는가?

아침에 눈을 뜨면 스마트폰부터 찾는다. 간밤에 페이스북에 누가 무슨 글을 올렸는지, 내 글에 달린 댓글은 몇 개나 되는지를 살피기 위해서다. 그렇게 하루를 시작한다. 나를 보는 것인지 남을 보는 것인지, 나의 내면을 들여다보는 것인지 남에게 비친 나를 보려는 것인지 모르겠다.

"21세기는 자기 자신의 세계에 사로잡힌 사람들로 가득하다. 온라인의 바다를 30분만 훑어봐도 자기에게 관심을 보여달라고 아우성치는 사람들을 무수히 만날 수 있다. 이들은 자기 자신에 대해서 끊임없이 주절대며, 자아의 향연에 동조하는 사람들과 소통한다." 나만 그런 게 아니었나 보다. 『어떻게 살 것인가?』의 저자인 사라 베이크웰의 세태진단에 저절로 고개를 끄덕이게 된다.

10여 년 동안 페이스북에 푹 빠져 지냈다. 그 덕분에 몇 권의 책을 냈고, 강의와 방송 출연 제안을 받기도 했다. 무엇보다 다양한 친구들을 사귈 수 있어 좋았다. 나를 위해 존재하는 것이 아닐까 착각할 만큼 페이스북은 내 삶에 활력을 불어넣었다. 그런 페이스북을 보름째 쉬고 있다. 최근 우리 사회를 충격으로 몰아넣은 몇몇 사건을 목도하면서다. 그중에서도 박원순 서울시장의 죽음은 여러모로 충격이었다.

그의 죽음은 안타까운 일이지만 그를 죽음으로 이르게 한 원인과 과정, 결행의 의미를 생각해보면 설명되지 않는 것들이 너무 많다. 그는 왜 그런 선택을 한 것일까. 잘못을 인정한 것인가, 회피인가? 죽음으로 책임진 것인가, 무책임한 것인가? 죽은 자는 말이 없으니 정확하게 알 길이 없다.

한편, 죽음의 맞은편에 구체적이고도 선명한 고통이 있다. 박 시장의 죽음이 안타까운 일이라면, 성추행 피해자의 삶은 감당하기 힘들지만, 피할 수도 없는 실체적 고통이다. 안타까움에만 사로잡혀 있을 수 없는 이유다. 그러나 누가 과연 그 모든 것을 알 수 있단 말인가. 누가 죽음을 알 것이며, 누가 피해자의 고통을 제대로 보듬을 수 있단 말인가. 섣불리 말할 수 없는 일이다. 그러니 가만히 있자는 게 아니다. 다만 알지 못하는 것, 알 수 없는 것에 대해서는 함부로 떠들거나 근거 없는 소문에 휘둘리지 말자는 얘기다.

무엇보다 글쓰기는 자신의 내면과 나누는 대화여야 한다. 몇 마디 글로 남을 속이고 현혹하기는 쉽지만, 그 상대가 자기 자신이라면 거짓은 발붙이기 힘들다. 그러한 글쓰기의 전범이 몽테뉴였다. 몽테뉴의 글쓰기는 늘 자신에게 질문을 던지는 방식이었다. 몽테뉴의 관심은 '사람은 무엇을 해야 하는가?' 따위의 윤리적인 문제가 아니라 '사람들이 실제로 무엇을 하는가?'에 있었다. '어떻게'가 아니라 '왜'였던 것이다. 그런 사유의 흐름을 엮어놓은 것이 바로 '에세$_{Essais}$'다.

몽테뉴는 모든 일을 내려놓고 자신의 성에 틀어박혀 책읽기와 글쓰기에만 전념하기로 마음먹는다. 그러나 그 역시 욕망을 온전히 제어하기는 쉽지 않았던 모양이다. 자신의 서재 기둥과 지붕에 경구들을 붙여놓고 수시로 음미하며 가슴의 불구덩이를 다스렸다. 그중 '크세주$_{Que \ sais-je}$(나는 무엇을 아는가?)'라는 문장이 있다. 박홍규 교수는 '크세주'의 의미를 "심오한 사색의 결론이 아니라 회의주의적 사색의 이정표"(『몽테뉴의 숲에서 거닐다』에서)라고 설명한다. 회의주의는 허무주의가 아니며 자유로운 정신이다.

"가벼운 슬픔은 쓸데없이 많은 말을 하게 하고, 깊은 슬픔은 멍하니 정신을 잃게 한다." 몽테뉴의 『수상록』 중 '슬픔에 대하여'에 나오는 세네카의 말이다. 우리는 알지 못하는 것에 대하여 쓸데없이 많은 말을 쏟아내고 있고, 또 어떤 이들은 그저 멍하니 정신을 잃어버렸다. 이제 조용히 몽테뉴의 사유를 좇아 내면의 소리에 귀 기울여보자. 나는 무엇을 아는가, 우리는 무엇을 아는가?

태도에 대하여

우병우 전 민정수석은 지금 어떻게 지내고 있을까? 진짜로 그의 안부가 궁금해서 묻는 게 아닐 거라는 것은 이 글을 읽는 모든 분이 알 것이라 믿으면서 생뚱맞게 묻는다. 그렇게나 세상을 떠들썩하게 했던 사람을 불과 3년 만에 새카맣게 잊고 사는 현실이 하도 신기해서 말이다.

기억이라는 것이 그렇다. 그가 실제 무슨 죄를 지었는지, 그로 인해 어떤 처벌을 받았는지를 정확하게 아는 사람은 별로 없다. 다만 '우병우' 하면 떠오르는 어떤 이미지가 있을 뿐이다. 검찰청 앞 포토라인에 서서 기자를 노려보던 살벌한 그 눈빛, 청문회에서 질문 공세에 시달리면서도 전혀 흔들리지 않았던 '법꾸라지' 이미지, 검찰청사 내에서 팔짱을 끼고 여유롭게 서성이던 실루엣. 앗, 빼먹으면 절대 안 되는 한 가지. 유난히 코너링이 좋아서 경찰 고위간부의 운전병으로 복무했다는 그의 아들에 대한 소문쯤.

최근 언론을 뜨겁게 달구고 있는 추미애 장관에 대한 훗날의 기억 역시 우병우와 크게 다르지 않을 것이다. 현시점에서 쟁점은 군 복무 시절의 아들이 '엄마찬스'를 썼는지 여부지만, 사람들의 관심은 추 장관의 표정과 말에 쏠린다. 그럴 만도 한 것이, 질의하는 국회의원을 향해 "소설 쓰시네"라고 말한 장본인이 아니던가. 8개월 동안 늑장 부리던 검찰이 드디어 수사적 수사에 착수했다고 하니, 어쩌면 일그러진 진실일망정 슬며시 모습을 드러낼지도 모르겠다. 이미 관심거리도 아니지만.

"진심이 중요하지만 우리 관계에서 더 필요한 건 태도, 사람을 대하는 태도다. 오랫동안 친밀했던 사람들과 떨어져 지내다 보면, 그 사람의 진심보다 나를 대했던 태도가 기억에 남는다. 태도는 진심을 읽어 내는 가장 중요한 거울이다." 엄지혜 작가의 『태도의 말들』에서 발견한 『한창훈의 나는 왜 쓰는가』에 나오는 말이다. 근래 들어 유난히 태도에 대해 골똘하게 생각하는 성가신 태도가 생겼다.

인문독서공동체라는 그럴싸한 모임을 운영하느라 거의 초죽음이다. 인문학 강좌로 이득이 생길 리 없고, 독서가 돈이 될 리 없으니 순전히 자초한 고난이긴 하다. 그게 안타까웠던 모양이다. 후배가 모 지자체장의 보좌진을 만나게 해주었다. 서로에게 도움이 될 거라고 능치면서. 그래, 속없이 포부를 밝혔다. 우리 공동체에서는 노숙인과 자활 참여자 등 가난한 이웃과 어르신을 위한 강연을 기획하고 있다고. 듣고 있던 비서관, 상상했던 것보다 훨씬 심각하게 안타깝다는 표정을 지으며 진심 어린 태도로 조언했다. "그런 분들 도와봤자 우리 쪽에 표 안 줘요." 순간 귀가 의심스러웠다. 이어진 말이 더 가관이었다. "저희 단체장님은 그런 분들보다 청년이나 학부모에게 관심이 많으세요. 그분들 대상으로 강좌기획을 해주시면 도울 일이 있을 거예요." 세상에나, 지자체의 예산이 단체장 개인의 정치자금이라도 된단 말인가. 표가 되면 쓰고 표 안 되면 안 쓴다니. 그런 옳지 않은 태도는 도대체가 어떤 신념에 기반한 것일까.

사람 만나는 것도, 뉴스를 보는 것도 겁나는 세상이다. 이쪽이냐, 저쪽이냐를 강요받기가 십상이어서다. 나는 깜냥부터가 이쪽도 저쪽도 아니건만, 어이없게도 지인이 저쪽이더라는 풍문 탓에 덩달아 그쪽으로 분류되곤 한다. 참 곤란한 일이다. 『한 번도 경험해보지 못한 나라』가 출간된 이후론 더 심해졌다. 저자 중 두 명이나 강연에 불렀으니 '적들의 공간'을 운영하는 사람이라는 등 어처구니없는 말을 지어내는 한심한 치들도 있다. 진심으로 그런 태도의 소유자라면 절대 우리 공동체에는 얼씬도 하지 않는 태도를 견지해주면 좋겠다. 삶은 속도나 방향보다 태도다. 매너가 사람을 만들고("Manner Maketh Man.", 영화 〈킹스맨〉에서), 태도가 진실을 구축한다.

어매

여든여섯에 생을 마감하신 어머니는 예순이 넘도록 글을 모르셨다. 한학자이자 서당 훈장이셨던 외할아버지가 학교 근처에 얼씬도 하지 못하게 했기 때문이다. 그렇게 어머니와 두 이모는 문맹의 삶을 살아야 했다. 대를 잇기 위해 들였던 양자는 재산을 죄다 빼돌리고 도망가버렸다. 그예 외갓집은 사라져버리고 말았다. 출가해 시집살이에 시달렸던 데다 글을 몰랐던 세 자매는 어찌해볼 수도 없이 친정을 잃었다.

어머니는 예순이 훌쩍 넘은 뒤 한글을 배우셨다. 손수 쓴 글을 보여주던 모습이 떠오른다. 큼지막한 도화지에 당신의 이름 석 자를 삐뚤빼뚤 써놓고는 쑥스럽게 내밀던 그 모습. 어떤 연유로 글을 배우기로 하셨는지는 뒤에서 밝히겠거니와, 우선은 문명의 세계로 넘어오신 어머니의 달라진 모습을 얘기해야겠다. 글을 읽기 시작하면서 곧바로 신문을 구독했다거나, 독서삼매경에 빠져들더라고 말하는 건 빤한 거짓말일 것이다. 그런 거짓말은 하지 않겠다. 세상만사 귀찮아만 하시던 어머니는 글을 깨우친 뒤로 이전과 확연히 달라지셨다. 무엇보다 세상 돌아가는 일에 관심을 보이기 시작했고, 소신껏 의견을 피력하기도 했다. 관심은 곧 질문으로, 소신은 종종 논평으로 이어졌다. "김대중이 빨갱이라는 거시 사실이냐? 난 그러치는 않다고 생각한다." 논평 또한 찰졌다. "정치 허는 거뜰, 남 헐뜯기가 여간한 거시 아니더라, 니는 정치 하지 말아라."

덕분에 알게 된 것이 있다. 글을 배운 뒤 가장 먼저 쓰는 말은 다른 그 어떤 것도 아닌 자기 자신의 이름이라는 것. 지극히 당연한 사실을 새삼 확인하며 무릎을 쳤다. 글을 안다는 건 비로소 자기 삶의 주인으로 살게 되었음이요, 자신의 정체성을 인식하게 되었음을 의미한다고 말하면 지나친 표현일까. 하나 더 있다. 글을 안다는 건 세상 돌아가는 일에 관심을 보이기 시작함이다. 글눈이 열린 뒤로 어머니는 외면하기만 하던 TV뉴스를 열심히 시청했다.

이쯤에서 어머니의 눈물겨운 문맹 탈출기를 소개할 때가 된 듯하다. 근데 기억나는 게 별로 없다. 종일 트로트를 따라 부르던 것 말고는. 하루도 빠짐없이 트로트를 들으셨다. 아마도 수십 곡에서 그 이상의 트로트 곡을 외우는 경지에 도달하셨을 성싶다. 도통 유흥이라는 걸 모르는 분이셨다. 남편 복, 자식 복은 바라지도 않았고 지겨운 일복만 타고났다고 장탄식하던 분이었다. 트로트에 빠져든 뒤로 다른 사람으로 변하셨고, 그러던 어느 날 마치 베른하르트 슐링크의 소설 『책 읽어주는 남자』에서 '한나'가 '미카엘'에게 편지를 보내듯 직접 쓴 글씨를 불쑥 내밀었다. 집에서 귀로 듣고 입으로 부른 것을 어머니한글학교에 가서 다시 따라 부르면서 직접 써보는 방식으로 한글을 익히셨던 모양이다. 트로트 덕분에 어머니는 문맹의 한을 털어내셨다.

그 뒤 어머니의 삶은 오롯이 '트로트 인생'이었다. 트로트를 따라 부르면서 서서히 정신의 긴장을 내려놓으셨고, 여든여섯에 생을 마치셨다. 요양원에 계시던 때의 어머니를 생각하면 지금도 코끝이 시큰해진다. 이따금 정신이 맑아 보이면 기회다 싶어 말을 걸었다. "엄마, 여기가 어디야?" 어머니의 대답은 한결같았다. "응, 수덕사." 의식이 점점 흐려져 아들과 며느리, 손녀들까지 완전히 기억에서 지워버린 뒤에도 애창곡 〈수덕사의 여승〉만은 잊지 않으셨다. "어머니 여기가 어디에요?" "응, 수덕사지." "어디라고요?" 다시 물으면 대답은 역시 "수덕사"였다.

평소 트로트를 좋아하는 편은 아니지만, 추석 특집 '나훈아 쇼'(프로그램의 정식 이름은 '2020 한가위 대기획 대한민국 어게

인 나훈아'다)는 즐겁게 봤다. 쉽고 잘 들리는 가사, 호소력 짙은 목소리, 익숙한 멜로디까지, 좋아하지 않을 이유가 없었다. '나훈아쇼'의 여운이 쉬 가시지 않는다. 신곡 〈테스 형〉은 국회까지 진출했다. 나는 4년 전 이맘때 세상을 떠난 어머니를 생각하며 조용히 〈어매〉를 불러본다.

살리는 일

연말, 학교로 직장으로 나가 사는 딸들과 모처럼 와인 잔을 기울였다. 놓칠세라, 그중 한 순간을 SNS에 올렸더니 뜻밖의 댓글이 달렸다. "'모제토'는 잘 있나요?" 와인 잔을 든 작은 아이의 손등에 새겨진 'mozeto'라는 타투를 본 지인의 댓글이다. 그러고 보니 작은 아이의 독립은 직장 때문이 아니라 '모제토'와 함께 살기 위한 어쩔 수 없는 선택이었다.

'모제토'는 작은도서관 '책고집'의 층계참에서 발견한 새끼 고양이 삼총사 '모모'와 '제제', '토토'를 합쳐서 부르는 이름이다. 책고집에서 발견했고, 한동안 마스코트 역할을 톡톡히 했으니, 기왕이면 책과 관련된 이름을 지어주자 싶어 작은아이와 머리를 맞대고 작명했다. 고양이 냄새를 지적하는 분이 있어 집으로 데려오긴 했지만, 공동주택인 아파트에서 개와 고양이, 그것도 넷씩이나 함께 사는 건 여간 힘겨운 일이 아니었다. 부득이 분가하게 되었고, 모제토의 보호자를 자처한 작은아이의 손등에는 급기야 녀석들의 이름이 새겨졌다.

"타투를 하기로 결심한 데는 몇 가지 이유가 있었다. 첫째로, 나는 변하지 않을 어떤 것을 몸에 새기고 싶었다. 고양이들을 반려하면서 내 삶은 달라졌고, 달라진 채 지속될 것이었다."(박소영 지음, 『살리는 일』에서) 연초에 거짓말처럼 손에 잡힌 책이 『살리는 일』이다. 서둘러 작은아이에게 추천했으니 지금쯤 읽고 있을 것이다. 캣맘 동지를 만났다는 기쁨과, 손등에 새긴 '모제토'를 향한 열렬한 사랑을 확인하면서.

무릇 세상사는 살리는 일이다. 우리네 삶도 그 무엇을 살리는 일이다. 혹은 아이를, 혹은 어르신을, 혹은 병자를, 혹은 동물을, 혹은 나무를, 혹은 각자 옳다고 믿는 어떤 가치를 살리고 지키기 위해서, 우리는 산다. 사랑은 누군가를 살리는 일에서부터 싹 트는 감정이며, 거기에 형식과 내용을 얹어 문자로 표현하는 일이 문학이다. 그림은 누군가의 죽음을 애도하는 것, 즉 영혼을 살리는 일에서 출발한 예술이고, 음악은 자연의 소리를 되살려 인간의 삶에 연결하려는 의도에 기원한다. 그러니 예술은 살리는 일이며, 특히 작은 것, 약한 것, 아픈 것을 살리는 일이다.

"세상을 더 나은 곳으로 만들기 위한 움직임이 예술이라면,

달라야 한다. 예술은 작고 약한 생명을 위한 옹호이자 지지여야 한다. 가장 작은 존재가 딛고 의지할 수 있는 부목 같은 것이 되어야 한다고, 나는 믿는다. 목적지까지 가는 과정에서 누군가가 다치고 지워져야 한다면, 거기엔 예술이라는 말이 들어갈 자리가 없다. 내가 아는 한 배제와 착취는 예술과 가장 먼 단어다."
(『살리는 일』에서)

단장斷腸의 고통을 겪고 있는 고 김영균 군의 어머니 김미숙 씨가 낮은 목소리로 외치는 것은 죽은 아들을 살려내라는 것이 아니다. 한진중공업의 마지막 해고노동자 김진숙 씨가 35년 만에 복직을 꿈꾸는 것은 그간의 밀린 급여나 챙겨 안락한 여생을 살겠다는 것이 아니다. 그들이 혹한의 거리에서 단식을 하고, 항암치료를 마다하고 다시 길 위에 선 것은, 죽은 이들을 살려내라는 생떼가 아니라 아직 살아 있는 이들, 비정규직이라는 이름으로, 위험을 외주 받은 하청업체의 노동자라는 이름으로, 오늘도 퇴근하지 못한 채 삶과 죽음의 경계를 넘나들고 있는 이들을 살리는 일이기 때문이다.

하물며, 정치는 사람을 살리는 일이다. 그런데 어쩌자고 우리네 정치는 끝내 사람 살리는 일을 외면하고 있는 건가. 김미숙 씨를 비롯한 산재 사고 유가족들이 제정을 촉구하는 중대재해기업처벌법은 처벌에 목적이 있는 것이 아니라 재해를 예방해 사람을 살리자는 것이다. 차별받은 삶도 억울하거늘 죽음조차 차별해서는 안 된다는 절박한 호소인 것이다. 정치는, 이제라도 정치 본연의 일인 사람 살리는 일에 진력해야 한다.

작은아이는 조만간 거처를 옮겨야 할 형편이다. 그러나 고양이 셋과 함께 사는 캣맘에게 흔쾌히 세를 줄 집주인을 만나기란 쉽지 않아 보인다. 그래도 '모제토'와 아이는 꿋꿋하게 함께 살 공간을 찾아 나선다. 부디 우리 아이들이 맞춤한 공간을 찾길 바란다. 그것은 사는 일이면서 동시에 살리는 일이기 때문이다.

꽃구경

'노인이 되면 나라야마 산으로 떠나야 한다.' 영화 〈나라야마 부시코〉(이마무라 쇼헤이 연출)의 열쇳말이다. 나라야마 정상에서 삶을 마감한 노인에게는 천국이 기다린다는 전설이 있다. 아들은 노쇠한 어머니를 지게에 지고 산으로 간다. 아이들은 노래한다. "할머니는 운이 좋아. 눈이 오는 날에 나라야마에 갔다네." 남은 가족은 어머니의 옷을 나눠 입고 겨울을 난다.

봄이다. 꽃구경 나가기 좋은 계절이다. 꽃구경은 단지 꽃을 구경하는 일이 아니다. 봄의 생기와 활력을 몸으로 호흡하는 일이며, 대지의 향기와 따사로운 기운을 마음에 머금는 일이다. 자연의 신비와 경이로움 앞에서 겸허하게, 분명하게 우리의 살아 있음을 축하하고 축하받는 일이다. 그러나 올해는 선뜻 꽃구경 행장 차릴 마음이 일지 않는다. 코로나 탓이다. 봄은 봄이되

봄이 아니다. 날씨는 봄인데 마음은 겨울이다.

친구 어머니의 부고가 날아온 건 지난해 가을이었다. 조문은 받지 않는다는 문구가 적혀 있는 부고였다. 오지 말라는 부고, 그새 익숙해진 풍습이다. 누군가 슬픈 일을 당하면 망설일 것 없이 찾아가 슬픔을 덜어주는 것이 도리라 배웠지만 배운 대로 행할 수 없는 현실이다. 무참하고 서글픈 나날이다. 부고에 계좌번호쯤 넣었어도 그러려니 했으련만 친구는 그러지도 않았다. 이후에 만난 친구는 어머니의 죽음에 대해 아무 말도 하지 않았다.

코로나 감염으로 인한 사망자 수가 1,600명을 넘어섰다. 대부분 기저질환을 앓던 어르신들이다. 누군가의 어머니, 아버지들이다. 단지 숫자로 뭉뚱그릴 일이 아니다. 누군가의 부모가 돌아가신 일이고, 수많은 부고가 공중을 휘돌았을 일이다. 아무 데서나 K-방역의 성공을 운위해선 안 되는 이유다. 친구는 어머니의 사인을 말하지 않았지만, 기나긴 침묵과 '오지 말라는 부고'를 통해 1,600명의 사망자 중에 자신의 어머니가 포함됐음을 암시했다.

친구가 눈물을 흘린 건 그로부터 반년 가까이 지난 뒤였다. 비통한 자의 오열엔 도리 없이 후회와 탄식이 묻어났다. 어머니를 모셨던 요양원이 코호트 격리에 들어가는 바람에 자신은 물론 그 어떤 가족도 어머니의 임종을 지키지 못했다며 한숨을 쉬었다. 가족들은 그저 발만 동동 굴렀고, 피로에 지친 의료진은 어쩔 수 없다는 말을 되풀이했다. 뒤늦게 요양원에 모신 걸 후회했지만 이미 엎질러진 물이었다. 요양원은 아픈 어머니를 위한 치료의 공간이 아니라 순전히 자식들의 편의와 편리를 위한 격리와 회피의 공간이라는 것을, 어머니 돌아가신 뒤에야 친구는 비로소 깨달았다고 고백했다.

"어머니, 꽃구경 가요/ 제 등에 업히어 꽃구경 가요/ 세상이 온통 꽃 핀 봄날/ 어머니는 좋아라고 아들 등에 업혔네/ 마을을 지나고 산길을 지나고/ 산자락에 휘감겨 숲길이 짙어지자/ 아이구머니나!/ 어머니는 그만 말을 잃더니/ 꽃구경 봄구경/ 눈 감아 버리더니/ 한움큼씩 한움큼씩 솔잎을 따서/ 가는 길 뒤에다 뿌리며 가네/ 어머니 지금 뭐 하나요/ 솔잎은 뿌려서 뭐 하나요(후략)"

치매를 앓던 어머니를 요양원에 모시고 돌아오는 길에 들었던 노래가 하필이면 장사익이 부르는 〈꽃구경〉(시인 김형영의 시에 곡을 붙였다)이었다. 노랫말 후미의 "아들아 아들아 내 아들아/ 너 혼자 내려갈 일 걱정이구나/ 길 잃고 헤맬까 걱정이구나"라는 대목에서 심장이 멎는 듯한 흉통에 몸서리쳤던 기억이다. 이따금 돌아가신 어머니를 떠올릴 때면 도리 없이 그 노랫

말이 뒤미처 떠오른다. 코로나로 어머니를 여읜 친구의 괴로움
은 4년 전 내가 겪었던 흉통과 후회를 닮아 있다. 설마 그런 관
습이 실재했을까만 코로나 현실에서 나이 드신 부모님을 요양
원에 모시는 일은 영락없이 어머니 등에 업고 꽃구경 가는 일이
아닐까 싶다.

봄이면 꽃구경을 간다. 꽃구경은 그냥 꽃을 구경하는 일이 아
니다. 꽃으로 나비로 환생한 어머니, 아버지를 뵈러 가는 일이
다. 다가가서 말씀드려야 한다. 죄송했다고, 보고 싶다고.

단풍과 어머니의 주름

흐린 날이면 어머니 생각이 난다. 몸이 아플 때도 어머니 생각
이 난다. 나는 천생 내 어머니의 자식이다. 내 몸과 마음의 고향
은 어머니다. 몸의 고향은 몰라도 마음의 고향은 사라지지 않는
다. 가을은 또한 어머니의 계절이다. 깊은 가을, 어머니 생각에
몸서리치며 몸보다 마음이 먼저 여주 남한강변을 찾는다. 작년
가을 어머니를 이곳에 모셨다. 바람 한 점, 구름 한 점 없는 맑
디맑은 날이었다. 한줌 가루로 남은 어머니는 한없이 가벼우셨
다. 강물에 파란 한 번 일으키지 않은 채 슬며시 스며드셨다. 그
렇게 어머니는 강이 되셨다. 여강은 내 어머니의 강이다. 여강
은 내 어머니다.

　살아생전 야윌 대로 야윈 어머니가 너무 안쓰러워서 큰맘 먹
고 한번 업어드렸는데 어머니 몸이 어찌나 가벼운지, 눈물이 핑

돌아서 한 발짝도 떼지 못했다. 이내 내려놓고 맛난 것 드시러
가자 말씀드렸더니 어머니 방긋 웃으시며 이러셨다. "그럴 돈
으로 애들이나 맛난 것 멕여라."

그녀가 죽었을 때, 사람들은 그녀를 땅속에 묻었다.
꽃이 자라고, 나비가 그 위로 날아간다.
체중이 가벼운 그녀는 땅을 거의 누르지도 않았다.
그녀가 이처럼 가볍게 되기까지, 얼마나 많은 고통을 겪었을까.

— 베르톨트 브레히트, 「나의 어머니」 전문

가을 단풍이 아름다운 건 화려한 색 때문이 아니다. 고결한
단풍의 정신에 진정한 아름다움이 담겨 있다. 나무는 겨울을 나
기 위해 힘을 비축해야 한다. 단풍은 자신의 모든 에너지를 줄
기에 내어주고 잠시 활활 불타오르다 낙엽으로 떨어져 거름이
된다. 단풍은 어머니의 마음이다. 오로지 자식을 위해 자신의
모든 걸 내어준 뒤 한없이 가벼운 몸으로 땅으로 돌아간다.
　새의 알은 자연이 빚어낸 걸작 가운데 하나다. 알껍데기의 얼
개는 정교하다. 알껍데기는 삼각형의 금속성 결정으로 이루어
져 있다. 그 결정들의 뾰족한 끝은 알의 중심을 겨눈다. 외부로

부터 압력을 받으면 결정들이 서로 끼이고 죄이면서 알껍데기의 저항력을 키운다. 성당의 둥근 천장이나 입구의 아치처럼 압력이 세면 셀수록 구조는 더욱 견고해진다. 그와 반대로 압력이 내부로부터 올 때 삼각형 결정들은 서로 떨어지면서 얼개 전체가 무너진다. 알껍데기는 밖으로부터 오는 힘에는 알을 품은 어미가 무게를 견디는 것만큼 단단하고, 안으로부터 오는 힘에는 쉽게 깨고 나올 수 있을 만큼 약하다.

세상의 모든 어머니 마음이 알의 원리를 닮았다. 외부에서 일어나는 온갖 풍파에는 끄떡하지 않지만 자식의 일에는 한없이 약해진다. 자식이 알이라면 어머니는 알의 껍데기다. 스스로 알을 낳고 변방에 물러서서 알의 내부를 지킨다. 그러다 다른 그 어떤 것도 아닌 알에서 자란 새끼의 몸부림에 기꺼이 무너지고 부서진다.

어머니 이마의 깊은 주름을 볼 때면 책에 쳐놓은 밑줄이 떠오른다. 책을 읽다가 기억하고 싶은 문장에 밑줄을 치듯, 어머니는 삶의 온갖 풍상을 맞을 때마다 당신의 이마에 주름이라는 밑줄을 쳐두셨다. 잊지 않기 위해서 다시 되풀이하지 않기 위해서. 자식을 지키기 위해서.

깊어가는 가을밤, 몸살감기에 신음하며 어머니를 추억한다. 여주 신륵사 정자에 앉아 찬찬히 여강을 바라볼 때면 강에서 슬

며시 어머니가 올라오신다. 그리고 한마디 하신다. 내려놓으라
고, 내려놓아서 편해지라고 말씀하신다. 나눌 수 있는 건 아낌
없이 나누라고, 나누어서 마침내 세상과 하나가 되라고. 천년
고찰의 강변 정자에 서면 먼 옛날 삶의 내려놓음을 노래한 나옹
선사의 시가 저절로 떠오른다.

청산은 나를 보고 말없이 살라 하고
창공은 나를 보고 티 없이 살라 하네
사랑도 벗어놓고 미움도 벗어놓고
물같이 바람같이 살다가 가라 하네

청산은 나를 보고 말없이 살라 하고
창공은 나를 보고 티 없이 살라 하네
성냄도 벗어놓고 탐욕도 벗어놓고
물같이 바람같이 살다가 가라 하네

— 나옹선사, 「청산은 나를 보고」 전문

그 많던 누나들은 어디로 갔을까

지금은 대부분 잊었을지 모르겠다. 나는 또렷하게 기억하고 있다. '수원 지동시장 여성 살해사건'에 대해서다. 많은 사람의 가슴 깊은 곳에 상처를 입힌 충격적인 사건이었다. 잊을 수 없다. 사건 직후 대부분 언론은 초기대응에 실패한 경찰을 질타했다. 내 관심은 그런 것이 아니었다. 언론이 죽음에 주목했다면, 나는 피해 여성의 삶에 주목했다.

살해되기 전 그녀의 삶을 들여다봤다. 피해 여성은 주말에도 일을 했다. 휴대폰 케이스를 생산하는 공장의 비정규직 노동자였던 그녀는 주 7일을 근무했다. 사건이 일어난 것도 일요일 밤이었다. 늦은 밤이었지만 피해 여성은 마을버스 차비를 아끼기 위해 캄캄한 골목길을 걸어서 귀가하던 중이었다. 그렇게 일해서 한 달에 손에 쥐는 돈은 170여만 원이었다. 월급의 대부분은 카드빚에 쪼들리는 시골 부모에게 보내드렸고, 얼마간 남은 돈으로는 남동생을 챙겼다. 이따금 찾아오는 남동생에게 용돈을 주기 위해 정작 자신은 마을버스 차비조차 아끼며 살았다.

더 충격적인 건 겨우내 외투 하나 사 입지 않았다는 사실이다. 몇 개월 동안 같은 옷을 입고 늦은 시간 골목길을 걸어가는 그녀를 오래전부터 지켜보는 이가 있었다. 살인범이었다. 범인은 일찌감치 그녀를 범행대상으로 점찍었을 것이다. 우발적인 범죄가 아니었다. CCTV의 기록을 통해 확인됐다. 밤마다 같은 옷을 입고 골목길을 지나는 여성의 모습이 보였다.

『소금꽃나무』의 저자 김진숙의 표현을 빌리자면, "어쩌자고 그때 그녀의 나이 스물여덟 살이었다." 죽어라 일하고도 정작 자기 자신을 위해서는 버스비조차 쓰지 않던 스물여덟 살 처녀. 한창 멋을 부릴 나이, 부모나 남동생이 아닌 자기 자신의 미래를 꿈꾸었어야 할 여성이었다.

내 청춘의 기억 속에도 그런 누나가 있다. 고등학교를 중퇴한 뒤 낮엔 공장, 밤엔 야학에 다니던 시절 야학에서 만난 누나다. 야학의 고등부 누나들은 대부분 집안의 가장이었고, 적어도 자신의 생활을 스스로 책임지는 억척스러운 생활인이었다. 그중 미영이 누나를 잊을 수 없다. 누나 역시 스물여덟 살이었다. 누나는 초등학교를 중퇴한 뒤 10대 초반부터 공장 생활을 시작해

시다와 미싱사 보조를 거쳐 미싱대에 오른 지 10여 년이나 되는 베테랑 미싱사였다.

손 빠르고 부지런한 누나였으니 돈벌이도 제법 쏠쏠했을 것이다. 그런 미영이 누나에게 이상한 점이 있었다. 한겨울이 다 지나도록 새 옷을 입는 법이 없었다. 언제나 같은 외투를 입고 다녔고, 이따금 갈아입는 외투는 마치 남의 옷을 빌려 입은 듯 몸에 맞지 않아 엉성해 보였다.

언젠가 야학 입구에서 남동생과 함께 있는 미영이 누나를 본 적이 있다. 초저녁이었지만 술에 취한 남동생은 누나에게 연신 짜증을 내고 있었다. 누나는 곧 울어버릴 것 같은 표정으로 동생을 달래고 있었다. 슬쩍 옆에 가서 들어 봤다. 가관이었다. 다짜고짜 돈을 요구하는 남동생에게 누나는 미안하다는 말만 반복하고 있었다. 평소 미영이 누나가 침이 마르도록 자랑했던 바로 그 남동생이었다. 공부 잘해 좋은 대학에 들어갔다는 동생, 집안의 자랑이며 기둥이라는 든든한 동생, 누나 걱정을 끔찍이 해준다고 늘 입버릇처럼 자랑하던 그 착한 남동생이었다.

내게도 누나가 있다. 엄마는 나를 가르치기 위해 누나의 상급 학교 진학을 만류했다. 일찍이 사회생활을 시작한 누나는 공장 노동자와 보조 보육교사 등을 전전한 끝에 서둘러 출가해 가정을 이루었다. 그 누나가 여주에 산다. 환갑을 바라보는 누나에

69

게 나는 영원히 속 썩이는 남동생일 뿐이다. 누나 생각할 때마다 가슴이 답답해지곤 한다.

지동시장 여성 살해사건을 생각할 때마다 1970년대와 80년대 산업현장을 누비던 누나들이 떠오른다. 야학의 미영이 누나와 내 누님이 그 속에 있다. 그분들 덕분에 우리가 지금 이만큼이나마 살고 있지만 그걸 아는 사람은 별로 없다. 곧 선진국 대열에 합류한다는 21세기 대한민국에도 여전히 그런 누나들이 있다는 사실을 알지 못한다.

36년 전 야학에서 만났던 미싱사 누나와 6년 전 끔찍한 뉴스로 접했던 여성에겐 공통점이 있다. 스물여덟 살이었다. 노동자였다. 자신을 위해서는 버스비조차 허투루 쓰지 않았다. 겨우내 외투 하나로 버텼다. 늦은 밤에도 마을버스를 타는 대신 걸어다녔다. 그렇게 아낀 돈으로 저축을 하고 부모를 챙기고 남동생에게 용돈을 쥐여줬다. 그 많던 누나들은 지금 어디에서 무엇으로 살고 있을까.

학교, 불편을 배우는 곳

중학교 졸업 이후 성민(가명)이를 다시 만난 건 20여 년 만이었다. 몹시 추운 겨울이었다. 전철에서 내려 걸음을 재촉하고 있을 때 누군가 뒤에서 내 이름을 부르고 있었다. 돌아보니 성민이가 환한 미소로 거기 서 있었다. 세월이 꽤 지났어도 첫눈에 알아봤다. 녀석 특유의 천진한 미소 때문이었다.

성민이와 나는 중학교 동창이다. 정신이 조금 산만(?)했던 성민이는 내가 2학년, 3학년이 되었을 때도 여전히 1학년 아이들과 한 반이었다. 성민이에게 '학년' 개념은 무의미했다. 그저 계속해서 학교에 다니고 있었고, 성민이 역시 그것이면 됐다는 눈치였다. 학년, 나이 따지지 않고 학교의 모든 이가 성민이를 좋아했고, 두루 챙겨주었다. 성민이는 딱히 교실에만 머무는 것도 아니었다. 때로 수위아저씨들과 함께 밥을 먹었고, 종일 운동장에 서 있기도 했다. 복도에서든 운동장에서든 아는 친구를 보면 귀가 떨어질 정도로 크게 이름을 부르곤 했다.

10여 년 전 전철역에서도 그랬다. 어찌나 큰 소리로 이름을 부르던지, 순간 나도 녀석을 흉내 내고 말았다. 성큼성큼 다가온 녀석은 아무런 거리낌 없이 덥석 끌어안으며 덩실덩실 춤을 추었다. 입으로는 연신 "내 친구 준영이, 내 친구 준영이"를 반복하면서.

전설에나 나올 법한 이야기지만 3, 40년 전 중학교에는 '유급'라는 제도가 있었다. 같이 입학한 친구가 후배가 되기도 했고, 한참 나이 많은 형이 동기가 되기도 했다. 성민이는 그중에서도 특별한 경우였다. 딱히 유급이랄 것도 없이 그저 학교에서 지내는 친구였다. 듣기로, 성민이는 부모 없이 할머니와 살고 있었고, 그걸 아는 학교에서 '학년 무시, 성적 무시, 신분 무시'로 성민이를 돌봐주었다.

강릉에서 인문학을 강의하던 중 질문을 받았다. "학교란 어떤 곳입니까?" "선생님 생각에 학교는 어떤 곳이어야 합니까?" 질문을 받고 대답을 고민하던 때에, 거짓말처럼 내 친구 성민이가 떠올랐다.

학교는 다름을 인정하며 배려와 존중을 배우는 곳이어야 한다. 내 친구 성민이처럼 좀 허술한 정신을 가진 친구도 있고, 똑똑하고 잘난 친구도 함께 있어야 한다. 처지와 상황과 환경이 서로 다른 친구들이 한데 어울릴 수 있어야 한다. 멀쩡한 아이들이 자사고, 과학고, 외고에 진학하지 않았다는 이유만으로 패배자로 낙인찍혀서는 안 된다. 전혀 교육적이지 않은 일이다. 1등과 꼴지가 짝꿍이 되고, 선후배가 교복을 나누고, 부모의 경제력과 상관없이 같은 식판에 같은 음식을 받아서 껄껄거리며 함께 밥을 먹어야 한다. 학교는 그런 곳이어야 한다.

학교는 불편을 배우는 곳이어야 한다. 안락과 편리 대신 불편을 겪으며 고통을 참아내는 법을 익히는 곳이어야 한다. 지식과 정보를 쌓는 곳이기만 하다면, 학교의 존재 의미는 없다. 필요한 지식과 기술을 머릿속에 쏙쏙 집어 넣어주는 학원이 즐비하고, 스마트폰만 쥐여주면 무엇이든 찾아내는 세상이다. 그런데도 학교는 친절한 참고서나 학원교재 대신 불친절하게 편집된 교과서로 수업을 하고, 편히 쉬게 하는 대신 장시간 불편을 감수하게 하며, 별반 유용할 것 같지도 않은 태도와 마음가짐을 강요한다. 편리함과 수월함을 좇고 말초적 욕구와 이기적 욕망에 이끌리는 삶을 살아선 안 된다는 것, 인간다운 삶을 살기 위한 기본 덕목이 무엇인지를 깨우치게 해주는 곳이어야 한다. 학교는 그런 곳이어야 한다.

학교는 독서의 소중함을 알게 해주는 곳이어야 한다. 다른 어떤 매체도 아닌 책으로 지식과 정보와 감동을 얻는 경험을 쌓게 해주어야 한다. 쉽게 얻은 건 악이며, 어렵게 얻어야 선이다. 인터넷 검색으로 얻은 지식은 내 것이 아니며 써먹을 수도 없다. 오로지 책을 읽고 그것에 대해 사유하는 것이 중요하다. 그렇게 길어 올린 것만이 피가 되고 살이 된다. 학교는 책의 소중함을 깨우치게 해주는 곳이어야 한다. 모든 과목에서 매 학기 읽어야 할 책과 읽으면 좋을 만한 책을 선정해 함께 토론하는 것으로 그 과목에 대한 이해의 폭을 넓혀야 한다.

끝내 전화번호도, 하는 일이 무엇인지도 알려주지 않은 내 친구 성민이는 지금도 가끔 전철역에 나가서 아는 동창이 지나가기를 기다리고 있을지 모른다. 나이가 같은 동창과 나이가 한참이나 어린 동창, 잘 나가는 동창과 어딘가 힘들어 보이는 동창, 그 모든 동창을 만나면 성민이는 기꺼이 자신의 품을 내어준 뒤 덩실덩실 춤을 출 것이다.

당신의 이름은 무엇인가요?

은행 업무를 보다가 급한 일이 있어 중단하고 나왔던 적이 있다. 나중에 다시 전화를 걸어 그 직원과 통화를 하려 했는데 그의 이름이 떠오르지 않았다. 그러고 보니 그의 창구 앞에도 가슴에도 이름표가 없었다. 경기도 공무원들이 이름표를 달기 시작했다. 몇 년 전부터 목걸이용 공무원증을 다는 게 유행이었는데 도지사가 바뀐 뒤 다시 이름표가 등장했다. 이름표를 달게 된 공무원의 반응이 어떤지는 모르겠다. 다만 반갑다.

책고집 둥지 강연에서도 수강생 모두에게 이름표를 나눠준다. 미리 만들어두었다 강연장에 들어오는 분들에게 일일이 나눠준다. 이름표를 받는 분들의 표정은 다양하다. 뭐 이런 것까지 하느냐는 표정도 있고, 고맙게 받는 얼굴도 있다. 받기만 할 뿐 실제 달지는 않는 분도 있고, 조심스럽게 가슴 한쪽에 다는 분도 있다. 왜 이름표를 나눠주는지 묻는 사람은 없다. 그저 나눠주니 달아야 하는가 싶다가도 귀찮아한다.

이름표를 나눠주는 데는 이유가 있다. 강연자는 자기 이름으로 강의한다. 수강자는 이름 대신 여럿 중 한 명일 뿐이다. 그게 맘에 들지 않는다. 강연자와 수강자가 동등한 처지에서 강의에 참여하기를 바랐고 그래서 이름표를 달아준다. 그저 여러 수강생 중 한 명으로 앉아 있는 것이 아니라 당당하게 자기 이름으로 강의에 참여하기를 바라는 뜻이다. 책고집 회원들끼리 서로를 알아봐주길 바라는 마음은 덤이다.

이름을 안다는 것은 그리움을 갖는 것이다. 이름도 모르는 꽃이 피기를 기다리는 사람은 없다. 어쩌다 얻어걸릴지 모르는 이름 모를 꽃을 보기 위해 길을 나서는 사람은 없다. 꽃의 이름을 알면 그 꽃을 기다리게 된다. 매화가 언제 피는지, 동백꽃이 언제 피는지, 복수초와 민들레, 산철쭉이 언제 피어나는지를 아는 사람이 그 꽃을 찾아 나들이에 나선다. 동백이 반갑고, 자목련이 즐겁고, 쑥부쟁이가 그리운 건 이름을 알기 때문이다. 기다림이 이루어질 때 반갑게 인사를 나누고 싶어진다.

사람도 마찬가지다. 누군가의 이름을 안다는 것은 그가 보고 싶고 기다려진다는 뜻이다. 그의 말이 듣고 싶고 그의 얼굴이 보고 싶은 것이다. 이름을 아는 사람을 만날 때 그의 얼굴과 말과 느낌이 내게로 온다. 내게 들어온 그의 말과 생각에 나의 말과 생각을 포개서 새로운 사유와 문장을 이룬다. 글쓰기는 거기서 시작한다.

이미 알고 있는 이름을 다시 듣는 건 대수롭지 않은 일이라고 말하는 사람도 있다. 그런 식이라면 세상에 그립고 기다려지는 것이 있을 리 없다. 사람을 그리워한다는 것은, 그의 이름과 얼굴, 그의 이야기가 그리운 것이다. 우린 이미 많은 것을 알지만 그 앎은 실은 허상에 가깝다. 허상이 아닌 실재의 앎은 수시로 호출되고 호명된 것들이다. 편하게 이름을 부를 수 없다면 그건 아는 것이 아니다. 성철 스님이 그리운 것은 그의 이름과 그의 말을 알고 있기 때문이다. 그래서 그가 그립다. 스님이 놀라운 경지에 오르셨기에 그리운 것이 아니다. 스님은 "산은 산이요, 물은 물이로다"라고 말씀하셨다. 그 말이 너무나 평범하고 명징해서 들을 때마다 눈물이 난다.

이름표를 다는 건 어쩌면 지극히 형식적인 행위에 불과할지 모른다. 중요한 건 이름표를 단 상대의 손을 꼭 잡고 직접 이름을 불러보는 것이다. 그건 완전히 다른 의미를 갖는다. 이름을 부른다는 건 앞으로 당신을 그리워하겠노라고 고백하는 일이다. 그렇게 알게 된 이름, 불러본 이름들을 소중하게 여겨야 한다. 그게 곧 나의 삶을 규정하고 나의 살아 있음을 증거하는 것들이기 때문이다.

　꽃의 이름, 나무의 이름, 구름의 이름을 아는 것은 언제나 가
슴 설레는 일이다. 사람의 이름을 아는 것은 더할 수 없는 경이
로움이며 감격스러운 일이다. 그 신산한 설렘으로 너에게 묻는
다. 당신의 이름은 무엇인가요?

2.

표피 너머 심연을 성찰할 것

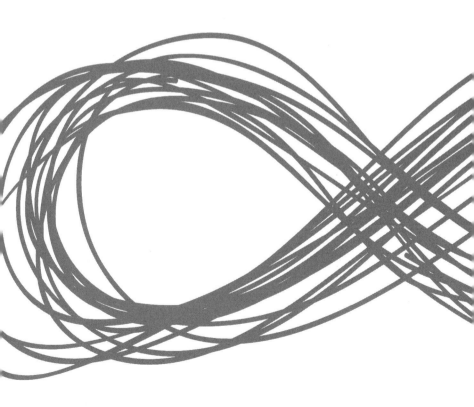

삶이란 내면의 결핍과 마주하는 일

2005년 노숙인 인문학을 필두로 지역자활센터와 교도소에서 속속 인문학 강좌가 개설됐다. 10여 년이 지난 지금, 인문학은 다양한 경로로 널리 퍼져 어느덧 친숙한 학문이 되었다. 지난 시간, 거리에서 혹은 교도소와 복지관에서 인문학을 매개로 만났던 다양한 사람들의 이야기, 즉 사람살이의 이야기를 정리해 보려 한다.

인문학의 정의는 다양하다. 삶의 의미를 궁구한다는 일반적인 정의에서부터 우주의 기원과 질서를 탐구하는 것, 시민의 자유와 책임을 일깨우는 것, 사물을 보는 새롭고 다양한 시각을 갖기 위한 학구적 태도, 생명의 본질을 파악하는 학문이라는 등의 정의가 있다. 노숙인 인문학을 시작하면서 인문학의 일반적인 정의를 대신할 새로운 의미를 생각했다. 거리의 사람들에 대한 이해로부터 시작했다. 흔히 노숙인은 돈이나 집, 직업이 없는 사람이라고 한다. 그러나 노숙인들과 대화하면서 이들에겐 집과 직업보다 더 중요한 것이 없다는 사실을 알게 되었다. 이들에게 없는 건 사람이었다. 아무리 힘들고 위급한 상황에 놓여도 도움을 청할 사람이 없다. 그게 거리의 삶을 사는 이들의 현실이다. 거기서 노숙인의 새로운 정의를 이끌어냈다. 노숙인은 돈, 직업, 집이 없는 사람이기 이전에 '사람이 없는 사람'이다.

노숙인을 대상으로 하는 강의는 우선 사람의 의미, 사람 관계의 중요성을 이야기하는 것이어야 했다. 거기서 길어 올린 인문학의 의미는 그래서 '사람을 알기 위한 공부'였다. 사람을 뜻하는 '인간人間'이라는 말은 '사람 사이', 즉 '관계'를 의미한다. 삶이란 무수한 관계의 총체이면서 다양한 인연因緣의 과정이다. 사람 관계의 중요성은 고 신영복의 『강의』을 통해 확인했다. 산업화 과정에서 이식된 서양의 '존재론'을 극복하고 동양의 고유 사상인 '관계론'을 회복하는 것이 21세기 인문학 시대의 요체라는 주장을 담고 있는 책이다.

관계는 곧 인연이다. "인연이라는 말에서 '인'은 '근원'이라는 뜻으로 내적인 것이다. '인'이 내적인 것이라면 '연'은 외적인 것이다. 내적 조건인 '인'과 외적 조건인 '연'이 결합해서 모든 것이 생겨나고, 이 결합이 해소됨으로써 모든 것이 사라진다는 것이 불교의 '인연'이다. 한 인간의 삶은 인연에 지배되는 것인지도 모른다. 부모에게서 이어받은 것, 가까운 친구에게서 배운 것, 또 몇 번의 시행착오를 통해 얻은 체험적 지식 등이 눈에 보이지 않는 덩어리로 자기 자신 속에 축적되어 '인'을 만든다. 그 '인'이 '연'을 얻어서 그 사람의 희망이 되고, 행동이 되고, 결단이 되고, 길이 만들어진다."(히로나카 헤이스케 지음, 『학문의 즐거움』에서)

거리의 삶을 사는 사람들은 자신에게 '인'은 충만한데 '연'이 닿지 않아 일이 풀리지 않았다고 생각한다. 그러나 그런 생각에 사로잡힌 사람치고 '인'에 충실한 사람이 드물다. 내 부족함을 먼저 생각하는 사람이라야 비로소 '연'을 맞을 준비가 된 사람이다. 사람 관계의 중요성을 일깨우기 위해서는 인연의 소중함을 알고, 좋은 관계를 맺기 위한 방법론도 중요하지만, 그보다 먼저 사람에 대한 기초적인 이해가 필요하다. 그래서 다루게 된 것이 사람의 특성을 살피는 것이었고, 그중 사람은 누구나 결핍의 존재라는 주제였다. 모든 사람에겐 저마다 결핍이 있다. 결핍은 거리의 삶을 사는 사람만의 문제가 아니다. 가난한 사람은 경제적 결핍에 시달린다. 부자라고 해서 결핍이 없을 리 없다. 돈에 대한 집착이 그 외의 삶의 가치를 압도하는 데서 오는 정서적 결핍 역시 심각한 결핍이다. 인간의 역사는 저마다의 결핍을 극복해온 과정이다. 역사적으로 이름을 남긴 사람들 역시 결핍을 극복한 사람이다. 결국 삶이란 끝없이 자기 안의 결핍을 마주하는 과정이다. 결핍을 어떻게 마주하느냐에 따라 삶은 달라진다.

사람을 이해하는 코드로서 관계와 인연, 결핍을 이야기했다. 거리의 인문학이 궁극적으로 추구하는 것이 사람 관계의 회복이라는 점을 생각하면 관계와 인연, 결핍을 읽는 일은 더없이 중요한 과정이었다. 다시 인문학이란 사람을 알기 위한 공부이며, 앎은 소통을 통해 이뤄진다.

초창기 노숙인 인문학에서 길어 올린 감동적인 일화가 있다. 무엇이 삶을 이어가게 하는지, 사람은 무엇을 위해 살아가는지를 보여주는 일화다. 강의에서 만난 노숙인 중에 이따금 돈을 꿔달라고 부탁하는 분이 있었다. 돈거래는 바람직하지 않을뿐더러 금기시하는 것이지만 그에게는 왠지 그런 걸 따지고 싶지 않았다. 기대대로 이듬해 그는 빌려간 돈에 이자까지 더해 돌려주었다. 그와 함께 막걸릿잔을 기울이면서 대화했다.

"운전기사를 모집한다는 벽보를 보고 무작정 찾아갔어요. 운전면허가 정지된 상태였지만 그만큼 절박했던 거죠. 차주를 설득해 대형면허를 딴 뒤 운전을 시작했어요. 일을 시작한 뒤 개인회생도 신청했고요." 운전면허도 없이 운전 일에 도전했다는 말이 믿기지 않았다. 그런 용기가 어디서 나왔냐고 묻자 그가 인문학 이야기를 꺼냈다.

"강의 때『죽음의 수용소에서』라는 책을 소개하셨잖아요. 거기 나오는 '삶의 의미를 아는 사람은 어떤 상황도 견딜 수 있다'는 니체의 말을 기억하고 있었죠. 결혼을 앞둔 딸에게 부끄러운 아빠가 되지 말자. 결혼식장에서 딸의 손을 잡아줄 수 있는 아빠가 되자. 그러려면 못 할 일이 없다. 그게 저의 '삶의 의미'이고, '살아야 할 이유'였지요."

시민이란 무엇인가?

인문학에 대한 관심이 늘고 있다. 그러나 정작 인문학의 의미를 아는 사람은 많지 않다. 인문학의 정의조차 제각각이다. 가장 흔한 말이 인문학은 삶의 의미를 성찰하는 것이라거나 우주의 질서를 알아내기 위한 학문이라는 따위이다. 막연하고도 황당한 말이다. 그러니 인문학은 재미없는 학문이라는 누명을 벗지 못한다. 정의부터가 흔들리는데 세세한 내용인들 온전히 들리겠는가 말이다.

개중 그럴듯하게 들리는 말이 있다. 인문학은 질문하는 학문이라는 설명이다. 그런데 거기서 끝이다. 질문의 방식이나 의미에 대해서 말하지 않는다면 그 역시 공허하게 들릴 뿐이다. 그러니 좀 더 알아보자. 고전 중의 고전 『논어』를 보자. 『논어』에 자주 등장하는 말이 있다. '자왈子曰'이다. 자왈이란 '공자께서 말씀하셨다'는 뜻이다. 『논어』는 공자의 말씀을 모아놓은 책이다. 그러나 논어를 제대로 읽으려면 자왈에 주목하기 전에 먼저 살펴야 할 것이다. 공자께서 말씀하셨다는 얘기는 곧 제자의 질문이 있었다는 것이다. 자로가 묻고 공자가 답하고, 안회가 묻고 공자가 답하고, 자공이 물으니 공자가 답한다. 자하가 물으니 공자가 답하고, 염구가 묻고 공자가 대답한다. 즉 『논어』는 질문에 관한 책이다.

서구로 넘어가보자. 서구철학의 원류로 불리는 소크라테스를 살펴보자. 제자의 질문에 답했던 공자와 달리 소크라테스는 먼저 묻는다. 그리하여 질문을 받은 자가 질문에 답하기 위해 고뇌하게 한다. 진리를 터득하는 것은 소크라테스 자신이 아니라 질문을 받은 당사자다. 그래서 산파술이다. 스스로 진리인양하지 않고 진리를 잉태하도록 돕는다는 말이다.

누가 먼저 질문하느냐는 중요한 것이 아니다. 다만 물음이 있고 그에 대한 답이 있을 때, 그게 바로 학문學問이다. 학문이란 묻고 또 묻기를 습習하는 것이다. 그런 의미에서 질문을 하나 던져보자.

시민이란 무엇인가? 생뚱맞은 질문일 수 있겠다. 시민이란 자유로운 사람이다. 노예의 삶을 거부하는 자유인을 일컬어 시민이라 한다. 사회구성원이 노예와 시민으로 나뉘었던 그리스에서 연원한다. 자유란 또 무슨 말인가. 자유란 자신의 의지대로 사는 것을 의미한다. 자유에는 책임이 따른다. 따라서 자유롭기 위해서는 자신을 지킬 수 있는 기술이 있어야 한다. 그 자유를 지키기 위해 필요한 기술이 바로 리버럴 아트liberal arts, 즉 인문학이다.

인문학이란 자유인, 즉 시민에게 요구되는 덕성이다. 시민에겐 노예와 다른 품성이 요구된다. 사회적 가치로서의 푸블리카Publika, 공공성에 대한 이해가 곧 시민의 품성이다. 시민의 품성을 갖기 위해서 필요한 기술art이 바로 인문학이다. 자유의 기술, 즉 인문학은 생각하는 힘을 통해 세상을 비판적으로 볼 수 있어야 한다. 또한 그러한 생각의 힘과 비판의식을 바르게 표현할 수 있는 기술을 갖추어야 한다. 표현하지 못하면 이웃과 세계에 영향을 줄 수 없다. 자유로운 시민이 되기 위해선 말과 글을 정확하게 사용해 다른 사람에게 알리고 설득해야 한다. 수사학적 능력이다.

정리해보자. 인문학이란 질문하는 것이다. 사회과학이 노하우Know-how를 알려주는 학문이라면 인문학은 노와이Know-why의 학문이다. 질문은 답을 얻기 위한 것이며 그 답을 통해 시민의 삶의 방식과 내용이 구현된다. 다시 인문학은 시민의 삶을 살기 위한 학문이다. 시민의 삶이란 노예의 삶과 달리 자유로운 삶이다. 자유란 자신의 삶을 스스로 책임지는 삶이다. 거기엔 기술이 필요하다. 자유로운_liberal_ 삶을 살기 위한 기술_arts_, 곧 인문학이다.

수원의 작은도서관 '책고집'에서 "시민이란 무엇인가?"를 주제로 두 달에 걸쳐 인문강좌를 진행한다. 앞서 설명했듯이 시민이란 자유로운 사람이다. 그 자유에는 대가가 따른다. 자유롭기 위한 기술을 연마해야 한다. 자유의 기술은 공공성에 대한 자각에서 출발한다. 공공성의 자각을 통해 자기 자신은 물론 이웃과 세계에 선한 기운을 불어넣어야 한다. 생각하는 힘을 기르고, 세상을 비판적으로 바라볼 수 있어야 하며, 그러한 비판적 생각을 올바로 표현할 수 있어야 한다. 책고집 인문강좌 '시민이란 무엇인가?'는 인권과 생명, 언론, 노동 등의 주제를 다룬다. 온전한 시민으로서 살아내기 위한 몸부림이다.

앎의 속박, 삶의 여유

"별과 별자리 이름을 누구보다 잘 알고, 해석까지 기가 막히게 잘하는 친구가 있다. 그런데 녀석의 말은 모두 지어낸 이야기이다. 우리도 그 사실을 알고 있지만 녀석의 이야기를 듣는 것 자체가 큰 즐거움이다. 가짜 이름 대신 진짜 이름을 안다고 해서 달라지는 것이 있을까? 중요한 것은 밤하늘의 초롱초롱한 별들에 한층 더 친숙해지는 것이 아닐까."

『책 읽어주는 남자』로 유명한 독일작가 베른하르트 슐링크의 소설 『귀향』에 나오는 문장이다. 때로 우리는 어떤 것을 알아야 한다는 강박에 시달린다. 소설을 읽기 전에 소설가를 알아야 하고, 주연배우나 감독의 연보를 모르면 감동을 느낄 수 없다는 듯 영화의 주변지식을 탐식한다. 앎에 대한 강박을 털어버리는 순간 무한한 상상의 세계와 조우하게 된다는 걸 모른다.

상상은 때로 은유가 되고 아름다운 수사가 된다. 젖은 발로 집에 들어온 날 아이는 아빠가 바다를 건너왔을지도 모른다고 말했다. 그 말이 어찌나 아름답던지 아무런 대꾸 없이 꼭 끌어 안았던 적이 있다.

글을 모르던 시절 네 살 딸아이는 언니와 아빠를 따라 도서관에 와서는 책을 거꾸로 들고 척척 이야기를 만들어내곤 했다. 아이의 이야기엔 언제나 할머니가 가장 먼저 등장하고 이어서 엄마와 언니가 나오고, 강아지까지 등장한다. 그런데 이야기의 어디에도 아빠가 나오지 않아 서운했다. 그래 아이에게 물었다. "다음엔 아빠도 나오는 책을 읽어주렴." 돌아온 대답이 어찌나 솔직하던지. "아빠, 사실은 이 책에 아빠도 나오지만 거긴 읽지 않은 것뿐이야."

하염없이 웃었다. 책을 읽고 세상을 읽는 데는 글자 교육만 필요한 것이 아니다. 아이에게 아이만의 세계를 만들고 유지하도록 도와주는 교육도 필요하다. 그 교육의 우선순위는 잘 들어주는 것이다. 아이의 세계는 앎의 강박과 무관하며 꾸밈이 없다. 아이의 수사는 자체로 은유덩어리다. 빗자루를 가랑이 사이에 넣고 하늘을 날고, 바나나를 들고 어두워졌는데도 집에 오지 않는 엄마와 통화를 한다.

앞서 소개한 슐링크 소설의 한 대목에서처럼 중요한 것은 별과 별자리의 이름을 아는 것보다 초롱초롱한 별들에 한층 더 친숙해지려는 노력이 아닐까 싶다.

앎의 속박을 벗을 때 삶은 비로소 여유를 갖게 된다. 그 말은 다시 소유의 욕망을 이겨내야만 비로소 무소유의 경이로움을 알게 된다는 뜻이기도 하다. 고 박완서 작가의 유작을 모은 수필집 『세상에 예쁜 것』에는 유작 중에서도 작가가 가장 마지막으로 썼다고 알려진 글이 나온다. 글의 제목은 '다만 넉 자'다.

『세상에 예쁜 것』을 읽던 도중, 그중에서도 '작가가 마지막으로 쓴 글'이라는 부제가 붙은 글을 만났다. 법정 스님의 입적을 기리며 쓴 글의 제목은 '깊은 산속 옹달샘'이다.

"관도 없이 그분의 몸을 덮은 천 위에는 다만 '比丘 法頂' 네 글자만 있었다고 전해진다. 다만 넉 자. 비구 법정은 우리의 관습화된 진부한 정신을 찌르고 전율케 한다. 평생을 두고 설한 무소유의 완성. 절정을 보는 느낌이다."

'다만 넉 자'를 새겨 넣고 그것마저 세상에 남는 걸 허락지 않으셨던 스님의 정신을 어찌 세치 혀로 강하고 평할 수 있을까. 침묵으로 주워 삼킬 일이고, 스님의 고결한 성품을 경외할 뿐인 것이다.

그런데 작가에겐 그 못지않게 절절하게 다가왔던 말이 따로 있었나 보다. 저서를 절판시키라는 스님의 유언이 그것이다.

'이승에서 진 말의 빚'을 털고 가겠노라는 스님의 곡진한 성품 앞에서 작가 자신도 스스로 질곡을 되새김했을 법하다.

"나 또한 글을 많이 퍼뜨린 저자의 입장에서 시시로 엄습하는 행여 내 글에 사기성은 없었는지, 군더더기나 동어반복은 없었는지, 말이나 글로 표현될수록 진실과 멀어지는 것 같은 느낌, 읽히고 싶다는 욕망 안에 도사린 함정 등을 돌아보게 했다"고 쓰고 있다.

표피 너머 심연을 성찰할 것

어떤 아프리카 사람이 유럽여행을 마치고 고국으로 돌아가는 길에 수도 파이프와 수도꼭지를 여행 가방에 담았다. 호텔이든 관공서든 가는 곳마다 수돗물이 콸콸 나오는 것을 보고 그게 부러웠던 게다. 가방에 담아 온 것을 집에서 사용해봤음 직하다. 벽에 파이프를 박고 수도꼭지를 돌려봤을 테다. 물이 나왔을까? 어리석은 질문이고, 어이없는 일이다. 그 아프리카 사람의 눈에는 수도꼭지와 파이프만 보였을 뿐, 그 뒤의 거대한 인프라는 보이지 않았던 것이다.

수도꼭지라는 표피만 봤을 뿐 그 뒤의 인프라를 보지 못했던 아프리카 사람이나 별반 다르지 않아 보인다. 살다 보면 그와 유사한 일을 자주 겪게 된다. 표피 너머의 심연을 보지 못한다든지, 수단에 집착하느라 본질을 외면하는 경우 말이다. 사람

관계에서도 마찬가지다. 정작 소중한 사람은 소홀히 대하면서 입만 열면 사람관계의 중요성을 역설하는 겉똑똑이도 수두룩하다.

수박의 본질은 씨다. 수분은 씨의 생장을 돕기 위한 수단일 뿐이다. 그런데 사람들은 수분(수단)만 취하고 씨(본질)는 외면한다. 후배나 제자가 최저생계비에도 못 미치는 강사비를 받으며 신음하는 걸 뻔히 알면서도 도움은커녕 지지 발언 한마디 하지 않는 교수가 밖에 나가서는 '노동'을 부르짖는 경우도 허다하다.

정치도 그와 다르지 않다. 지금처럼 혼란한 시절에는 정치의 외피보다는 본질을 생각해야 한다. 정치의 본질은 무엇인가. 나는 정치의 장소성에 주목한다. 정치Politics란 본디 서구어의 장소, 즉 도시국가Polis에 연원한다. 정치의 기본은 각각의 장소들, 즉 지방정부의 존립을 보장하는 것에서 출발한다. 고대 그리스의 도시국가는 존립의 조건으로 외부에 대한 자유와 독립, 내부에서의 자치, 경제적인 자급자족을 내세웠다. 물론 조건을 온전히 획득한 폴리스는 없었지만 적어도 그러한 지향이 도시국가 존립의 바탕이었던 셈이다.

우리나라에서도 지방자치제가 도입된 지 20년이 넘었다. 현실은 여전히 정치의 본령을 무시하는 중앙정부의 전횡과 독단이 지방정부의 존립을 위태롭게 한다. 변화의 욕구가 임계점을 넘어서고 있지만 실질적인 변화의 조짐은 보이지 않는다. 법령 몇 개 바꿔서 해결될 문제가 아니다. 본질을 변화시켜야 한다. 본질은 응당 지방분권 개헌이다. 모든 권력과 권한이 중앙정부에 집중된 현행 헌법체계에 문제가 있다는 건 기지의 사실이다. 이제 정치의 본령인 공간성과 지역성의 가치를 존중할 때다. 지방의 자율성과 창의성이 보장되는 지방분권 개헌만이 정치의 본령에 다가서는 첫걸음이다. 국민의 삶과도 직결된 문제다. 모든 국민은 지방에 살고 있으니 말이다. 서울이라는 지방, 경상도와 전라도라는 지방, 경기도라는 지방, 수원이라는 지방.

정치집단마다 자신의 정치적 이해에 따라 현 시국을 자의적으로 해석한다. 정권교체 또한 그러한 논의 중 하나일 테다. 그러나 정권을 바꾸는 것이 전부일 수는 없다. 중요한 건 본령을 성찰하는 것이다. 그래야 '정치Politics는 국민의 피를 빨아먹는 기생충ticks 집단poly'이라는 오명을 벗을 수 있다.

표피 너머 심연을 성찰해야 한다. 살다 보면 부득이 본질을 외면하는 경우가 있다. 문제는 다음이다. 표피적 판단의 오류를 발견했을 때, 뒤늦게나마 구조를 이해하게 되었을 때, 실수를 깨닫게 되었을 때, 바로 그때 어떻게 행동하느냐가 중요하다.

인프라를 이해하지 못하고 표피만 봤던 아프리카 사람은 비웃음의 대상일 뿐만 아니라 연민의 대상이기도 하다. 이제부턴 수박을 먹을 때 수분만이 아니라 씨도 삼키겠다고 다짐할 필요는 없다. 비정규 강사의 고단한 삶을 견디며 사는 후배와 제자를 외면하던 교수에게 느닷없이 노동투사가 되라고 강요할 생각도 없다. 자신과 자기가 속한 집단의 이익에만 매몰된 정치, 이제는 제자리를 찾아야 한다. '지금, 여기'의 정치적 심연은 단연 분권의 가치를 복원하는 것이다.

별의 순간

"수소, 시간이 충분히 주어지면 사람이 된다."

아무런 설명도 없이 툭 던지듯 내뱉은 말처럼 보인다. 그러나 결코 허투루 들을 말은 아니다. 근래 들은 말 중에서 이보다 더 충격적이며 이보다 더 아름다운 말은 없었다. 에드워드 로버트 해리슨이 1995년에 했고, 그걸 맥스 테그마크가 『맥스 테그마크의 라이프 3.0』에서 인용했다.

당연히 그냥 지나칠 수 없는 문장이어서 책 읽기를 중단하고 한참 동안 생각에 잠겨야 했다. 머릿속이 복잡해지고 이런저런 생각이 꼬리에 꼬리를 물었다. 그러나 아무리 생각을 해봐도 그 생각을 맞춤하게 표현할 길이 없다. 과학연구자가 아닌 바에야 필시 논리의 오류, 과정과 현상의 오류, 최소한 용어의 오류를 범할 것이 자명하다. 부득이 이러저러한 책에 의존해 인용해야 하고, 그렇다 하더라도 지극히 원론적인 말밖에 할 수 없을 것이다.

태초에 빅뱅Big Bang이 있었다. 그 이전엔? 아무것도 없었다. 빅뱅 이후 우주는 끝없이 팽창하고 있다. 공간의 팽창은 온도를 저하시키고 서서히 식어가는 우주에 우주 수프가 형성된다. 우주 수프에서 작은 알갱이(소립자)가 튀어나오는데, 전자와 양자다. 둘이 만나 수소가 된다. 최초의 원자이자 우주의 근원 물질이 탄생한 것이다.

수소는 수소와 결합한다. 인력이 작용한 탓이고 그렇게 계속해서 결합하다 보면 마침내 행성, 항성 등 광활한 우주를 유영하는 별이 된다. 탄생이 있으면 죽음도 있는 법, 별의 죽음은 에너지 방출, 즉 폭발을 의미한다. 에너지를 한꺼번에 방출한 별은 태양 10억 개의 밝기로 빛나는 초신성Supernova이 된다. 그 뒤 별의 중심핵은 수축해 아주 작은 중성자별이 되거나 블랙홀이 된다. 이것을 초신성 폭발이라 부른다.

별은 자신을 태워 우주를 데우고 밝힌다. 또한 지속적인 핵융합으로 탄소, 산소, 규소, 철 등의 갖가지 원소들을 만들어낸다. 별은 물질과 생명체의 재료가 되는 원소들의 생성공장인 셈이고 별의 죽음, 즉 초신성 폭발은 그것을 우주로 환원하는 과정이다.

우리 몸을 이루는 다양한 원소들은 대부분 별 속에서 만들어졌다. 그런 의미에서 별은 우리 마음의 고향일 뿐만 아니라 우리 몸의 고향이다. 그 별들의 세계에 최초로 등장한 물질이 수소다. 그 수소가 몇백억 년의 세월을 통해 단백질이 되고 유전자가 되었다. 나무가 되고 돌이 되고, 동물이 되었다. 결국, 사람이 되었다. 우리는 별의 후손이며 수소의 변환이다.

요즘 정치권에선 '별의 순간'이라는 말이 휘돈다. 지난 2021년 1월 당시 국민의힘 비상대책위원장이었던 김종인이 역시, 당시 검찰총장이었던 윤석열에게 "인간이 살아가는 과정에 별의 순간은 한 번밖에 안 온다"고 말해 관심이 집중됐다. 김종인의 이력을 고려하자면 '별의 순간'은 독일어인 Sternstunde에서 비롯된 말로 보인다. 번역하자면 '운명적 시간, 결정적 순간' 정도다. 얼핏 그럴싸하게 들린다. 그러나 실은 알맹이가 없는 말이다.

별의 순간은 누구에게나 있고 또 딱 한 번만 있는 것도 아니다. 그러니 특정인의 정치 행보에 끼워 맞출 말은 아닐 것이다. 별의 명멸은 찰나의 일이 아니다. 아주 천천히 진행된다. 별은 끊임없이 팽창과 수축을 반복한다. 짧게는 몇백 년에서 몇천 년 동안이나 그리 움직인다. 우리네 삶도 그와 다르지 않다. 겸손하게 성실하게 묵묵하게 걷는 그 모든 순간이 실은 별의 순간이다.

전문가주의와 아마추어리즘

"만약 당신이 가진 도구가 망치 하나뿐이라면 당신은 모든 문제를 못으로 보게 될 것이다."

작가 마크 트웨인의 말이다. 공부를 한다는 것은 인생의 활로를 뚫기 위한 다양한 도구를 확보하는 일인데 만약 망치라는 도구 하나에 만족한다면 할 수 있는 일이란 고작 못을 박는 것밖에 없다. 세상 모든 일이 못일 리는 없는데 말이다.

뭐가 됐든 한 가지만 잘하면 먹고사는 데 지장이 없다는 생각이 지배하던 시대가 있었다. 이른바 스페셜리스트가 되라는 건데, 그런 관념은 20세기 중반의 미국 사회에서 싹트기 시작했고 곧이어 우리나라에 전파되었다. 2차 세계대전 이후 경제가 호황을 누리면서 덩달아 폭증하는 교육수요를 감당키 힘들어진 대학들이 인문교육을 포기하는 대신 단순 기능인을 양성하는(그들은 '전문가 양성'이라 불렸지만) 방향으로 나아갔다(월터 카우프만 지음, 『인문학의 미래』).

그렇게 한 분야의 기능을 익혀 사회에 나와 전문가 대접을 받는 사람들이 늘면서 소위 전문주의라는 허상이 만들어지고 그 멍청한 전문주의는 사회 전반에 커다란 영향을 끼치는 중요한 이슈에 대해 집단적으로 침묵하거나 외면, 왜곡해서 결국 곪아 터지게 하는 우를 범한다. 이런 현상에 대한 지식계의 우려는 어제오늘의 일이 아닌데 그중 특히 서경식 교수가 들려주는 에드워드 사이드(『오리엔탈리즘』의 저자)의 지적을 새겨들을 필요가 있다.

"사이드는 오늘날 지식인 본연의 자세를 위협하는 것은 아카데미도 저널리즘도 출판사의 상업주의도 아닌 전문주의(스페셜리즘)라고 단언한다. 현재의 교육제도로는 교육 수준이 높아질수록 그런 교육을 받은 사람은 좁은 지知의 영역에 갇혀버린다. 전문 분화된 사람, 사이비 지식인들이 정부나 기업 주변에 모여든다. 그 복합체를 형성하는 무수한 세포와 같은 개개의 사람들은 얼핏 가치중립적인 전문가처럼 보이지만 전체적으로 보면 무자비하다고 할 정도로 냉혹하게 권력을 행사하거나 이윤을 추구한다.

사이드는 이런 전문주의에 저항하기 위해 아마추어리즘에

입각해야 한다고 주장했다. 아마추어리즘이란 이익이나 이해, 또는 편협한 전문적 관점에 속박되지 않고 걱정이나 애착이 동기가 돼 활동하는 것이다. 현대의 지식인은 아마추어가 되어야 한다. 아마추어라는 건 사회 속에서 사고하고 걱정하는 인간을 가리킨다."(서경식 지음, 『내 서재 속 고전』에서)

공부는 자신의 내면에 나무를 심는 것과 같다. 어떤 학자가 쓴 책을 읽고 그 안에 담긴 지식과 세계관을 공부하면 나의 내면에는 그 학자의 나무가 옮겨 심어진다. 적극적으로 다양한 공부를 하는 사람이라면 나무의 종류도 각양각색일 것이고 숲은 면적도 넓을 것이다. 반대로 공부에 게을렀다면 숲이라고 말하기 어려울 정도로 내면이 황량할 것이다. 다양한 나무가 자란 숲을 키운 사람은 그 안에 괴테라는 나무도 가지를 뻗고 있고, 도스토옙스키 나무, 플라톤 나무도 자란다(사이토 다카시 지음, 『내가 공부하는 이유』).

'전문가 바보_fachidiot'라는 말이 있다. 자기의 전문영역에만 빠져 보편적으로 이해하고 분석하는 능력을 갖추지 못한 사람이다. 인권이 유린되는 현실에서 자신의 먹거리에만 관심을 가졌던 지식인, 그저 정권의 입맛에 맞는 뉴스만 짜깁기해서 내보냈던 언론인, 용역이니 자문이니 하는 이름으로 관에 빌붙어 학자적 양심을 팔았던 교수, 오너 눈치 보느라 기술자로서의 양심을 지키지 못했던 엔지니어들. 그 모든 전문가 바보들이 만들어낸 현실이 곧 적폐의 축적이며 국정 농단이었다는 사실을 우리는 아프게 목격해야만 했던 것이다.

전문가 바보는 한때 좋은 대접을 받았고 호의호식하며 살았다. 그러나 앞으로 그들이 설 땅은 없다. 전문가가 망쳐버린 현실을 바로잡을 사람은 다양한 분야의 아마추어들이다. 아마추어는 자기 영역에 매몰되지 않고 사회 속에서 세상을 호흡하며 유연하게 사고하기 때문이다. 아마추어는 프로페셔널의 반대말이 아니라 '넓고 유연한 사고를 가진 사람'이라는 뜻이다. 우리 모두 아마추어가 되자. 그것이 21세기가 요구하는 인문학적 인간, 즉 제너럴리스트의 길이다.

망치만 가진 사람은 세상을 못으로 본다. 못만 박아서는 집을 짓지 못한다. 한 종류의 나무만 심어서는 숲을 이루지 못한다. 나무와 풀과 새와 동물이 어우러질 때 진정한 생명의 숲을 이룬다.

오디세이 성남

'안 산 사람, 안산 사람' 1995년 제1회 전국동시지방선거 당시 경기도 안산에서 출마한 후보에게 제시했던 홍보문구다. '토박이론'을 내세우는 후보라는 데 착안해 뜨내기와 토박이를 띄어쓰기로 구분했다. 문구를 만들어놓고 쾌재를 불렀던 기억이다. 초창기 지방선거라는 게 그랬다. 특별한 공약이나 정책으로 승부하기보다 '토박이론'을 들먹이는 후보가 부지기수였다. 호남에서라면 그저 DJ와 함께 찍은 사진 한 장이면 당선은 따놓은 당상인 시절이었다.

물론 그렇지 않은 곳들도 있었다. 이를테면, 1960년대 이후 도시 빈민들이 모여 살았던 상계동, 성남 등의 산동네나 1990년대에 조성된 분당, 일산 등의 신도시가 그런 지역이었다. 산동네와 신도시는 극단의 대비에도 불구하고 공히 지방자치에 새바람을 불어넣었다. 그중에서도 성남은 특별하다. 산동네와 신도시가 공존하는 곳이어서다. 현대사 집필에 열정을 쏟고 있는 강준만 교수가 『강남, 대한민국의 낯선 자화상』에 이어 또다시 도시와 공간에 대한 담론을 풀어낸다면 그 대상은 필시 성남이어야 하지 않을까 싶다.

경찰이 성남시청과 산하기관에서 동시다발로 압수수색을 벌였다. 은수미 선거캠프 사람들이 시와 산하기관에 대거 채용됐다는 제보에 따른 수사가 시작된 것이다. 이미 한차례 소송에 휘말렸던 은수미 시장이 다시 구설에 올랐다. 왜 하필 성남이고, 연거푸 은수미일까? 누군가의 음해인가, 진짜로 문제가 있는 건가? 예단은 금물일 터, 현시점에서 할 수 있는 건 성남이라는 도시의 특성과 은수미 시장의 정치역정을 들여다보는 것쯤일 테다. 어쩌면 거기 답이 있을지 모른다.

은수미 시장에 대해선 개인적 소회가 있다. 2012년 평택 쌍용자동차 해고노동자를 위한 시민사회 연대시위 때 노동운동가 은수미를 처음 봤다. 공장 옆에 자리 잡고 철야농성을 준비하고 있을 때 그가 단상에 올랐다. 해고노동자들의 잇따른 죽음을 애도하며 시작한 발언은, 끝까지 함께하겠다는 결의로 마무리됐다. 말이 곧고 발랐다. 강단이 있었고 그 강단이 미더웠다. 탁월하고 열정적인 노동운동가 은수미가 어인 이유로 정치권에 투신하게 되었는지 알지 못한다. 한 번의 비례의원과 한 번의 낙선에 이어 절치부심 성남시장에 당선됐다는 사실을 알 뿐이다. 그리고 지금 위기에 처했다.

이어서 성남이다. 성남은 다양한 정치실험과 성공신화가 응축된 실험과 신화의 공간이다. 구도심과 분당(1기 신도시)이 어깨를 맞대었고, 거기에 판교(2기 신도시)가 더해져 '그랜드 성남'을 정립鼎立했다. 구도심에선 시민사회운동이 왕성하게 전개됐고, 진보당의 본류인 '경기동부'의 본거지 역시 성남이다. 거대 여당의 원내사령탑 김태년 의원도 성남에서 잔뼈가 굵었다. 모름지기 성남은 경기도의 정치 1번지이다. 최다인구를 자랑하는 수원은 아직도 선거철이면 후보의 출신고교를 따지는 등 토박이론의 미몽에서 깨어나지 못했다. 유력 대선주자 이재명의 정치적 밑천 또한 '재선 성남시장'이다.

다음은 86정치인과 이재명이다. 은수미 시장에게선 조국 전 법무부 장관과 이재명 경기도지사가 다 보인다. 은 시장은 86운동권, 그중에서도 '사노맹'(남한사회주의노동자동맹) 출신이다. 자연스레 조국을 비롯한 소위 86정치인들과 연결된다. 한때는 기대와 설렘의 대상이었지만 지금 그들에겐 경고와 우려의 소리가 빗발친다. 도덕적 우위를 잃은 대신 기득권 이미지만 얻었다. 이쯤에서 이재명 경기도지사를 호출하지 않을 수 없다.

86정치인들과는 결이 다르다. 은 시장의 선택지는 어디여야 할까.

'정치'는 도시국가를 뜻하는 '폴리스'에서 유래했다. 정치는 공간의 일이면서 '장소성'의 예술이고, 다양한 사람들의 욕망이 분출하고 부딪는 삶의 전장이다. 은수미 시장의 정치실험은 이제 겨우 시작이다. 성남이라는 도시의 역사성과 현실에 대한 깊이 있는 공부를 주문하는 바이다.

노인을 위한 나라는 있다

바야흐로 극단의 시대다. 경제 양극화로도 모자라 정치가 극단의 사회를 조장한다. 연말부터 격화된 극단의 사회상은 대통령의 파면과 구속에도 불구하고 우리 사회의 추한 민낯으로 자리 잡았다. '장미대선'은 극단의 진앙이다. 화합과 통합의 담론은 여지없이 적폐세력의 부활을 돕는 또 다른 적폐로 낙인찍힌다.

적폐라는 말 참 많이 거슬린다. 적폐란 본시 사람에게 하는 말이 아니었다. 오랫동안 쌓이고 쌓인 사회적 폐단을 뜻한다. 어느새 그 말이 사람을 향한 비난의 도구가 돼버렸다. 적폐, 과연 누가 적폐이고, 그토록 험한 말을 과연 누가 누구에게 한단 말인가. 사람에게 할 말과 하지 말아야 할 말은 가려야 하지 않겠나.

태극기를 들었다 해서 어르신들을 싸잡아 적폐라 부르기도 한다. 아니 될 말이다. 일부의 행태가 맘에 들지 않기로서니 어르신들을 그리 함부로 내쳐서는 안 되는 거다. 고난과 질곡의 현대사를 몸으로 써낸 분들이다. 자신을 희생해 국가 발전의 밑알이 되었던 분들이다. 시대의 희생자이며, 무엇보다 우리의 부모이며, 이웃이다.

'촛불'이 평화와 희망의 상징으로 거듭날 때 '태극기'는 광기와 폭력의 아수라장으로 전락했다. 어느덧 대한민국은 촛불이라는 상식과 태극기라는 몰상식으로 양분되었다. 촛불은 민주주의의 자부심이 되었고, 태극기는 수치와 광기의 상징이 되었다. 남북분단의 한반도 남쪽은 그렇게 촛불 대 태극기, 상식 대 몰상식, 청장년 대 노인으로 분화됐다.

적폐라는 말을 확대재생산하는 건 역시 정치다. 태극기집회 참가자와 관련 단체, 그들을 부추긴 정치세력까지 적폐라 낙인찍는다. 심지어 화합을 얘기하는 사람까지 싸잡아 적폐라 부르기도 한다. 그럴 수 있겠다 싶으면서도 지나치다는 느낌을 지울 수 없다. 적어도 어르신들을 그리 싸잡아선 안 된다. 내치고 낙인찍기 전에 그분들의 심리와 심정을 살펴야 하는 것 아닌가. 그게 우리 부모세대에 대한 최소한의 예의이자 성의일 테다.

먹을 것 없던 시절 그들의 삶은, 그 자체가 전쟁이었다. 죽어라 일해야 했고, 오로지 생존을 위해 몸부림쳐야 했다. 삶의 의미를 성찰할 인문학의 수혈을 받지 못했고, 민주주의를 학습하지 못했다. 시민의 덕목을 깨우치는 대신 살기 위해 오로지 일하고, 일하고, 또 일해야 했을 뿐이다. 저임금과 장시간 노동에 시달리면서도 불평불만 대신 자신의 부족함을 책망하며 견뎌왔던 분들이다. 노력의 성과가 재벌과 특정 정치권력으로 쓸려 들어간다는 사실조차 모른 채 오로지 가족을 위해, 자식을 위해 죽어라 일만 했던 분들이다.

와중에 거짓말처럼 민주화가 이루어졌다. 경제대국이라는 낯선 성과도 맞닥뜨렸다. 어리숙한 그들은 그러한 성취가 자신의 노력 덕분이라고 믿지 않았다. 그 대신 앞에서 독려하고 이끈 지도자에게 투사했다. 박정희 신화의 탄생이다. 실은 그들 모두가 박정희였다. 그 박정희로 표상되는 개발시대의 신화를 내면화했고, 어느새 신앙으로 받아들였다.

나이 들어 비로소 삶의 긴장을 내려놓았을 때, 그러나 아무도 그들의 수고와 고뇌를 인정하지 않는다. 세상은 연일 '청년담론'을 쏟아내고 있을 뿐, 노년의 고독과 소외는 거들떠보지 않는다. 자식들은 여전히 부모의 노동력을 착취하려 하고, 사회는 노년의 경제와 문화와 정치를 외면한다. 존경과 예의를 표하는 대신 꼰대로 내몰았다.

어르신들의 어깃장 행보를 부른 원인은 크게 두 가지다. 젊은

이들에게 무시당한다는 굴욕감, 나이 들면서 엄습한 무기력증, 흐려진 분별력, 급변하는 현실에 적응하지 못한 느린 판단력이 일차 원인이었을 테다. 거기에 상식과 정의를 부르댈 뿐 사람의 온기와 인정을 잃어버린 극단의 세태가 더해졌다. 성찰 없는 비판과 사람에 대한 근거 없는 혐오로 얼룩진 극단의 세태가 부른 필연적 재앙인 셈이다.

이제 정치가 달라져야 한다. 섣불리 적폐를 운위하는 대신 아우르고 끌어안으려는 노력이 우선돼야 한다. 배제하고 내치는 뺄셈의 정치가 아닌 이해하고 서로 돕는 덧셈의 정치, 통합의 리더십이 필요한 때다. 노인을 위한 나라는 있다. 인문학이 답이다.

무릎을 꿇는다는 것

한국어판 자서전 출간에 맞춰 방한한 게르하르트 슈뢰더 전 독일 총리의 행보가 잔잔한 감동을 선사했다. 〈택시운전사〉의 실제주인공 김사복 씨 아들과 함께 영화를 관람하며 눈물을 흘리는가 하면, 위안부 할머니들이 계신 '나눔의 집'을 방문해서는 "과거가 아니라 미래의 역사를 쓰고 계시는 할머니들을 노벨평화상 후보로 적극 추천한다"고 말하기도 했다. 그의 예방을 받은 문재인 대통령은 "과거사에 대한 독일의 진정한 사죄와 주변국과의 화해·협력 사례가 동북아 지역에 시사하는 바가 크다"고 덕담했다. 〈택시운전사〉의 또 다른 주인공 위르겐 힌스페터 (토머스 크레치만 분)가 독일 사람이라는 것도 슈뢰더의 방한의 관심을 고조시켰을 테지만 그걸 감안하더라도 은퇴한 노정객의 행보로는 이례적으로 큰 주목을 받았다.

슈뢰더의 방한과 함께 떠오른 것이 있다. 빌리 브란트 서독 총리가 폴란드 유대인 위령탑 앞에서 무릎 꿇은 모습이다. 흐린 날씨에 기온도 쌀쌀했던 1970년 12월, 빌리 브란트는 독일 총리로는 처음으로 전후 25년 만에 폴란드를 방문해 단절됐던 폴란드와의 국교정상화 조약에 서명한 뒤 바르샤바의 유대인 위령탑 앞에 섰다. 1943년 4월 19일, 바르샤바 게토에 거주하고 있던 7만의 유대인이 그들을 학살수용소로 보내려는 나치에 저항하다 5만여 명이 희생된 곳이었다. 망자들을 애도하며 머리를 조아린 브란트는 한 걸음 물러나더니 갑자기 무릎을 꿇었다. 그리고 용서를 빌었다. 브란트의 사죄는 동방정책과 함께 훗날 독일 통일의 밑거름이 되었으며, 이듬해 빌리 브란트는 노벨평화상을 받게 된다.

기억은 거기서 멈추지 않고 몇 해 전, 강서구 특수학교 설립을 위한 공청회에서 장애 자녀를 둔 학부모들이 특수학교 건립을 반대하는 사람들 앞에서 집단으로 무릎을 꿇은 모습으로 이어졌다. TV뉴스와 신문기사로 그 장면을 일별한 뒤 감당키 힘든 분노와 무참함을 느껴야 했다. '누가 그들을 무릎 꿇게 했을까? 우리네 현실은 어쩌다 이토록 심하게 일그러져 있는 걸까?' 꼬리에 꼬리를 무는 상념에 두통과 흉통이 느껴졌다. 한동안 책을 읽을 수도, 글을 쓸 수도 없었다.

무릎을 꿇는다는 것, 더구나 집단으로 무릎을 꿇는 것은 무엇을 의미하는 걸까? 차분히 생각해볼 일이다. 보통은 죄를 지은 사람이 무릎을 꿇는다. 죄인이 죄를 뉘우치며 용서를 구할 때 무릎을 꿇는다. 그렇다면 장애 학부모는 죄를 지은 사람인 걸까. 설령 그들이 어떤 죄를 지었다 치자. 그렇다면 그 자리에 있던 사람들은 과연 그들의 사죄를 받고 용서를 말할 자격을 가졌단 말인가. 아무리 생각해봐도 납득이 되지 않는다.

장애가 죄일 리 없다. 장애 학부모가 죄인일 리도 없다. 그런데도 우리 사회는 그들을 무릎 꿇게 했다. 죄라면 장애를 가진 자녀에게 제대로 된 교육을 시키려 했던 것일 테다. 그렇다. 장애는 죄가 아니지만 장애 자녀를 위한 교육시설을 가지려 한 건 죄가 되는 세상이다. 먼 옛날 미개한 사회에서 벌어진 일이 아니다. 지금 여기, 우리가 만들어낸 현실이다. 무릎 꿇은 장애 학부모를 어느 누구도 나서서 일으켜 세우거나 위로하지 않았다는 데서 다시금 절망하지 않을 수 없다. 그리도 냉혈한인 그들은 또 누구인가. 그들 역시 자녀를 둔 평범한 사람들일 것이다. 못된 정치인의 꾐에 속아서 집값을 올리기 위해, 자기 지역에 더 나은 시설을 유치해야 한다는 생각에 사로잡힌 지극히 평범한 사람들이었을 것이다. 이기심이 빚어낸 악은 그렇듯 평범한 얼굴을 하고 있다. 그게 악인지도 모른 채 그들은 지극히 평범하게 악을 살고 있다.

〈택시운전사〉를 관람하던 중 슈뢰더 전 총리가 눈물을 흘렸다고 한다. 함께 관람했던 기자는 슈뢰더가 눈물을 흘린 장면은 광주를 빠져나온 김사복이 순천에서 딸의 신발을 산 뒤 집으로 가다가 급거 핸들을 꺾어 다시 광주로 향하는 장면이었다고 한다. 국적이 다르고 역사 경험이 다르고 언어가 달라도 사람의 감정이란 크게 다르지 않은가 보다. 무슨 설명이 필요하겠는가. 그도 사람이었던 것이다. 광주 사람들을 저버릴 수 없었던 김사복처럼. 슈뢰더 전 총리도, 1,300만의 평범한 관객들도 결국 사람이 사람답다는 것이 무엇인지를 보여주는 장면에서 눈물을 흘렸던 것이다. 사람은 피부색으로도, 성별로도 차별해선 안 된다고 배웠다. 장애와 비장애 역시 차별의 기준일 수 없다. 우리의 이기심 앞에서 무릎 꿇어야 했던 장애 학부모들께 뒤늦게나마 사과드린다.

아빠, 또 놀러 오세요

유난히 눈에 띄는 TV광고가 있다. 모 제약회사의 광고인데 솔직히 무슨 제품을 광고하는 건지는 잘 모르겠다. 제품광고로선 그다지 성공한 광고가 아닐지도 모르겠다. 그러나 거기 뭔가가 있다. 쉽게 지나칠 수 없는 어떤 것, 이 시대 직장인 아빠의 애환이다. 아이에게 황당한 출근인사를 들은 아빠는 그날 저녁 귀가를 서두른다. 모처럼 일찍 귀가한 아빠와 즐거운 한때를 보낸 아이가 다시 아빠를 아연실색케 한다. "내일, 또 놀러 와." 출근 때보단 나아졌다. 경어를 쓰지 않았다. 그러나 거기까지다. 여전히 바쁜 아빠는 더는 아이와 놀아줄 시간이 없다.

누구나 안다. 말을 배우기 시작할 때의 아이가 얼마나 귀엽고 사랑스러운지. 그런 아이가 눈에 밟혀 일이 손에 잡히지도 않는다. 그럴 수만 있다면 몇날 며칠 아이와 함께하고 싶다. 마구 깨

물어주고 마구 안아주고 싶다. 그러나 현실은 녹록지 않다. 대한민국의 직장인이란 단지 정해진 근무시간에만 일하는 사람이 아니다. 삶을 통째로 내던져야 겨우 살아남는다. 과중한 업무에, 야근에, 회식에, 접대에 시달리다보면 어느새 아이에겐 어쩌다 오는 손님이 되고 만다.

아이가 한창 아빠를 필요로 할 때 아빠는 집에 없다. 그저 손님처럼 어쩌다 잠깐 얼굴을 볼 수 있을 뿐이다. 아이는, 아빠 없는 아이로 성장해간다. 그렇게 청소년이 되고, 청년이 된다. 이전에도 이후에도 아이는 아빠의 아이가 아니다. 어찌해볼 수도 없는 사이 아이는 자신의 세계를 구축한다. 입시경쟁에 내몰려 어깨 축 쳐진 아이가 되고, 방황 끝에 일탈과 탈선의 유혹에 빠져드는 아이가 되기도 한다.

남경필 전 경기도지사와 정청래 의원의 자녀가 이런저런 사고를 쳤다는 뉴스를 접했다. 무턱대고 비난할 수 없었다. 뭐라 말을 꺼내기도 힘들었다. 다만 그 TV광고의 카피가 떠올랐을 뿐이다. "아빠, 또 놀러 오세요." 짐작건대, 그 아이들 역시 그렇게 살았을 것이다. 정치인은 여느 직장인 못지않게 바쁘다. 바깥사람들에겐 한없이 친절하고 자상한 사람이어야 하지만 정작 자기 아이를 돌볼 시간을 내진 못했을 것이다. 그 사이 아이들은 중학생이 되고, 청년이 되었다.

성장기 아이들에게 절대적으로 필요한 건 부모와의 정서적 스킨십이다. 그 정서적 스킨십이 아이를 키운다. 그리하여 오롯이 아빠의 아이, 정서적 안정감이 있는 아이, 삶의 준거가 있는 아이로 성장한다. 그 시절 아이와 함께하지 못했던 아빠는 적어도 아이에게는 죄인일 수밖에 없다. 낳았으되 책임지지 못한 아빠, 나쁜 아빠일 수밖에 없다. 그렇게 맞닥뜨린 청년아이의 삶을 제어하거나 영향을 끼칠 수 없는 아빠. 그저 벌어진 일을 안타깝게 바라볼 수밖에 없는 힘없는 아빠가 되고 만다. 하물며 공인이라면 심적 괴로움에 더해 견디기 힘든 비판에 직면하게 된다.

아빠, 저 꽃 이름이 뭐야? 아빠, 하늘은 왜 파란색이야? 아빠, 비는 왜 오는 거야? 아빠, 착한 사람은 어떤 사람이야? 아빠, 친구와 싸웠는데 어떻게 해야 해? 아빠, 아빠는 나를 얼마나 사랑해? 아빠, 어른이 된다는 건 무슨 뜻이야?

말과 글을 배우기 시작한 아이는 질문을 많이 한다. 그 질문을 받아줄 일차적 책임은 응당 부모에게 있다. 그중에서도 아빠의 비중이 크다. 은연중에 (적어도 집에서는) 바쁜 엄마보다 아빠가 더 친근하고 미덥다. 그래서 아빠에게 매달리고 보채고 의지하고, 질문한다. 그 질문은 단지 사물의 이름을 알기 위한 것이 아니다. 단순히 호기심을 충족하려는 것이 아니다. 세상을 묻는 것이고, 정체성을 고민하는 것이다. 그 시기에 아빠가 없었던 아이들이 어떻게 성장할지는 불문가지다.

우리 모두의 불행이다. 부산 여중생 폭행 사건의 피해자 부모나 가해자 부모도 마찬가지다. 다만 공인이 아닐 뿐이다. 어찌할 수 없는 현실 앞에서 어찌해볼 수도, 어떻게 대처해야 할지도 모르는 부모들이다. 그 와중에 "아들을 만나면 꼭 안아주고 싶다"고 했던 남경필 지사의 말은 맑고 사려 깊다. 아프고 눈물겹다.

아이가 어리다면 그나마 다행이다. 아직 기회가 있다. 이따금 손님처럼 나타나서 맛난 것 사주고, 값나가는 선물 사주는 것으로 때우려 해선 안 된다. 아이들을 쇼핑의 장식으로 박제시키지 마시라. 힘든 줄 알고 피곤한 줄 안다. 그럼에도 불구하고 아이와 함께하시라. 주중에 힘들다면 주말만이라도 아이들과 함께하시라. 가까운 도서관에 가시라. 함께 음악회를 가고, 과학관을 가고, 캠핑을 가시라. 아이들의 마음속으로 들어가시라. '저녁이 있는 삶'은 정치적으로 좌절됐지만 '주말이 있는 삶'은 의지의 문제다.

어떻게 지내십니까?

"한해 마무리 잘하세요." 지인에게서 문자가 왔다. 수신인도 특정하지 않은 단체 문자였지만 심통이 나서 대꾸했다. "한 일이 있어야 마무리를 하든 말든 할 것 아니겠습니까." 다시 날아든 그의 문자는 느낌이 전혀 달랐다. 제 딴엔 정겹고, 정작은 뭉클했다. "살아 있다는 것 자체가 어마어마한 일이고 큰 의미가 아닐는지요. 살아 있음에 감사하는 나날입니다." 나의 심통과 옹졸함이 부끄러웠다.

'언택트'한 연말이지만 다를 건 별로 없다. 상투성 인사가 스테레오타입으로 날아들고, 예의 목덜미를 훑는 바람은 차다. 한기를 실어 나르는 건 바람만이 아니다. 지나간 말들과 다가오는 말들이 내면으로 육박해 안일한 의식을 일깨운다. 혹은 상처였거나, 혹은 분노를 유발했던, 혹은 쓴웃음을 자아냈던 말들. 말은 세월이 지나면 죽지만, 세월을 구축하는 것 역시 말이다. 말과 말이 뒤엉켜 '지금, 여기'의 현실을 이룬다.

우선, 움베르토 에코가 『세상의 바보들에게 웃으면서 화내는 방법』에서 일러준 "어떻게 지내십니까?"라는 질문에 대답하는 방식을 감상해보자. "한바탕 곤두박질을 치고 난 기분입니다." 이카루스의 말이다. 오이디푸스는 "질문이 복합적이군요"라고 눙친다. 소크라테스가 "모르겠소"라고 말하자 디오게네스는 "개 같은 삶이외다"라고 냉소한다. "이상적으로 지낸"다는 플라톤에게 코페르니쿠스는 "모두 하늘이 도와주신 덕"이라고 화답한다.

'지금, 여기'의 말들은 대체로 혼탁하다. "나를 구속할 수는 있어도 진실은 가둘 수 없다." 어느 양심수의 절규처럼 들린다. 이명박의 말이다. 대법원 확정판결로 구치소에 수감되기 직전에 측근들에게 그리 말했다고 한다. 그에게 돌려줄 맞춤한 말이 있다. "하나의 거짓을 숨기기 위해서는 아홉 가지의 진실을 보여주어야 한다." 헤밍웨이의 말이다. 이명박은 하나의 거짓을 숨기기 위해 동원할 수 있는 모든 거짓을 동원했다. 거짓은 가려지지 않았고 진실만 드러났다.

"소설 쓰시네." 일찍이 국회에서 이처럼 '친문학'적인 말을 한 장관은 없었다. 하긴 국회에서 "아직도 사랑 잘 모르겠"다고 고백한 의원도 있다. 얼핏 문학적으로 보이는 국회지만 그렇기만 할 리 없다. 로텐더홀에서 중대재해기업처벌법 처리를 촉구하며 단식에 돌입한 고 김용균 씨 어머니 등 산업재해 사고 유가족들을 '때밀이들'이라 부르는 걸 보면 역시 국회는 문학과는 거리가 멀다.

사람 냄새 나는 사람의 말이 그립다. 부득이 50년 전의 말을 소환해본다. "인간은 인간으로서 인간답게 살아야 한다. 나는 돌아가야 한다. 너희들 곁을 떠나지 않기 위하여 나약한 나를 다 바치마." 전태일 열사의 말이다. 아니다. 그때나 지금이나 진귀한 존재일 수밖에 없는 원칙주의자의 말이다. 노무현의 말이면서, 노회찬의 말이고, 35년 만의 복직을 꿈꾸는 김진숙의 말이다. "그녀는 인사도 나누지 않는 다른 그녀들과 함께 골목을 걸으며 누군가 버린 것 가운데서 팔 만한 것을 골라 줍는다." '82년생 김지영'의 핍박받는 삶과는 결이 다른 '45년생 윤영자'의 가난한 삶을 좇는 『가난의 문법』의 한 대목이다. "뭘 이렇게 열심히 썼을까. 이만큼 쓸 때까지, 나는 계속 불안했던 걸까. 무서우니까." 대학 대신 일터를 택한 청년 노동자의 허태준(『교복 위에 작업복을 입었다』의 저자)의 말이다. 그가 더는 무서워하지 않는 세상이 되었으면 좋겠다.

다시, "어떻게 지내십니까?"다. "내일은 더 잘 지내게 될 겁니다"라고 말한 이는 마르크스다. 다윈은 "모든 일은 적응하게 마련이지요"라고 말한다. 니체는 "잘 지내고 잘못 지내고를 초월해 있다"고 말하고, 프로이트는 "당신은요?"라고 되묻는다. 만약 내게 묻는다면 나는 이렇게 대답할 것이다. "35년 만에 복직을 꿈꾸는 김진숙을 응원합니다."

인생은 선택의 연속이다

사람의 인생을 알파벳으로 표현하면 B로 시작해서 D로 끝난다. 중간에 C가 있다. B는 태어나는 것Birth일 테고, D는 삶을 마감하는 것Death이다. 그럼 중간에 있는 C는 무슨 뜻일까? 모 대학 특강에서 C의 의미를 물었더니 한 여학생이 손을 번쩍 들고는 시키기도 전에 큰 소리로 외치더라. "C는 치킨Chicken입니다." 그 덕분에 강의실이 출렁일 만큼 큰 웃음이 터져 나왔다. 지체 없이 동의를 표했다. 우리 집 딸아이들도 저녁마다 치킨타령을 하니 그 말도 맞는 말이라고. 물론 답은 '선택Choice'이다.

삶은 선택의 연속이다. 태어나 죽을 때까지 쉴 새 없이 선택을 하고 또 선택을 강요받으며 살아간다. 그러고 보니 지금 님께서 이 글을 읽으시는 것도 선택의 결과이겠다. 여러분의 소중한 선택에 책임지기 위해서라도 더 열심히 써야겠다.

지방선거가 다가오니 선택의 의미가 더욱 중요해진다. 기본으로 돌아가서 선택한다는 것의 의미를 살펴볼 필요가 있을 듯하다. 우리말에서 선택을 뜻하는 말은 '뽑다'와 '고르다'가 있는데, 둘은 엇비슷한 의미를 가졌을 것 같지만 실은 차이가 크다.

'고르다'는 여럿 중에서 특정한 것을 가려낸다는 뜻이다. '뽑다'는 '고르다'의 뜻에 더해, 박혀 있거나 꽂혀 있는 것을 잡아당겨서 나오게 한다는 뜻을 보태야 한다. '고르다'는 대체로 가치 있고 유용한 것을 선별해서 집어내는 행위인 반면, '뽑다'는 방해가 되거나 불필요해진 것을 제거한다는 뜻이 강하다. 특히, '고르다'는 그다음에 따라오는 과정이나 결과가 더욱 중요하다. 배우자를 잘 골라야 결혼생활이 원만하고 행복할 수 있고, 정답을 잘 골라서 높은 점수를 받아야 합격의 영광을 누릴 수 있다.

둘의 결정적인 차이는 피동사의 유무에서 드러난다. '고르다'에 해당하는 피동사는 없지만 '뽑다'의 피동사인 '뽑히다'는 사전에도 올라 있다. 달리 말해, '고르다'의 대상이 되는 말은 주어가 될 수 없지만, '뽑다'의 대상은 주어가 될 수 있는 거다. 잘 '고른' 단체장이나 지방의원은 시민을 위해 봉사하지만, 잘못 '뽑은' 단체장이나 지방의원은 되레 자신이 주인행세를 하게 되는 이치다.

보다 엄격한 기준으로 뭔가를 까다롭게 선택하는 것은 '고르다'나 '뽑다'가 아니라 '가리다'다. "목적을 위해 수단 방법을 가리지 않는다"에서 보듯이 '가리다'는 어떤 것을 분별하여 고른다는 뜻으로, 특별히 '구분' 또는 '구별'의 뜻이 곁들여진다. '가리다'에는 선악, 우열, 미추 등에 대한 명확한 가치판단과 윤리적 감각이 끼어든다. 그래서 뭔가를 '고르지 못한다'고 하면 선택을 앞에 두고 망설이는 모습을 가리키지만, "앞뒤 가리지 못하고 덤빈다"에서 보듯 '가리지 못한다'는 분별력이 없다는 책망까지 은연중 드러내는 셈이다. '가려내다'에는 잘잘못을 밝혀낸다는 뜻이 담겨 있다.

수시로 치러지는 각종 선거에서 우리는 과연 좋은 후보를 고르고 가려서 제대로 뽑을 수 있을까? 과연 어떤 후보를 뽑아야 되는 걸까. 뽑기 전에 철저한 검증으로 좋은 후보와 나쁜 후보를 가려내야 할 텐데. 그러려면 우선 각 당에서 후보를 잘 골라야 한다. 특히 이번 선거에선 여당인 더불어민주당에 후보가 몰린다고 하니 당내 경선이 굉장히 중요해졌다. 당에서 잘 고른 후보를 유권자인 시민들이 한 번 더 가려서 뽑아야 하겠다.

심리학자들 말로는 인생에서 가장 중요한 선택은 대상선택이라고 한다. 대상선택이란 배우자를 선택하는 것을 의미한다. 대상선택은 크게 '의존적 대상선택'과 '자기애적 대상선택'으로 구분된다. 물론 신경증 환자의 대상선택은 심하게 비틀려 있다. 프로이트의 후기 논문(「신경증 환자의 특별한 선택」)에 의하면 신경증환자의 경우, 최상의 가치와 방해하는 제3자, 창녀를 사랑하는 마음, 상대를 구원하려는 심리로 대상선택을 한다.

여러분은 어떤 기준으로 배우자를 선택하셨는지, 하실 건지 궁금하다. 고백건대, 나는 의존적 대상선택을 했던 것 같다. 예쁘고 성실한 아내 덕분에 책 읽고, 글 쓰는 삶을 이어가고 있으니 결과적으로 좋은 선택이었다. 인생이란 태어나 선택하며, 살다가 죽는 것이다. 다가오는 지방선거에서 여러분은 어떤 후보를 고르고, 가리고, 뽑으실 건가.

'바보' 리더십

애초 기부강의인 줄은 알았지만 그렇다고 시간을 아낄 생각은
아니었다. 보통 2시간 강의를 해왔던 터라 강의내용을 꼼꼼히
프레젠테이션 파일로 만들어 강의장으로 향했다. 강의장에 도
착한 뒤에서야 알게 되었다. 주어진 시간은 2시간이지만 강의
할 강사가 두 명이라는 사실. 결국 내게 주어진 시간은 1시간에
불과했다.

　나머지 1시간을 강의할 사람이 뜻밖에도 거물급 인사였다.
대학 시절 그의 책을 읽으며 '지식인'과 '지식기사'라는 말을
알게 되었고, 그가 말한 대로 지식기사가 아닌 '진정한 지식인'
이 되어야겠다고 다짐하곤 했었다. 책은 『민중과 지식인』이었
고 저자는 한완상 전 교수였다. 원로교수의 강의를 듣게 된 것
도 영광인데, 그의 강의에 이어서 내가 강단에 올라야 한다니,

난감하고 당황스러웠다. 많이 긴장했고, 긴장한 만큼 강의도 원만하게 진행하지 못했다.

아무려나 한완상 교수는 그야말로 명불허전이었다. 비교당할세라 덩달아 열강했지만, 한 교수의 연륜과 학문적 깊이를 당해낼 재간은 없었다. 한완상 교수의 강의 중 흥미로운 내용이 수두룩했다. 오늘은 지면을 통해 그걸 들려주고자 한다.

세월호 이야기로 시작한 한 교수의 강의는 프란치스코 교황의 리더십 이야기로 옮겨갔다. 한 교수가 말하는 교황의 리더십은 이른바 '바보 리더십'이었다. 얼핏 고 김수환 추기경과 고 노무현 대통령을 연상시키는 '바보'라는 말은 그러나 여기선 좀 다른 의미로 풀이됐다. 즉, 바보 리더십이란 '바로 보는 리더십', '바로 보듬는(보살피는) 리더십'이라는 설명이었다.

이어서 사랑에 대해서도 말씀해주셨다. 한 교수는 종종 제자의 주례를 서게 되는데 그때마다 하는 말씀이 있다 하셨다. '까닭의 사랑(때문의 사랑)'을 넘어 '불구하고의 사랑'을 하며 살라는 내용이었다. '까닭의 사랑'은 조건이 있는 사랑이다. 즉, 신부가 예쁘거나 신랑의 사회적 능력이 좋아서 하는 사랑이 바로 까닭의 사랑이다. 그러나 그 까닭의 사랑은 시간이 지나면 변질되게 마련이다. 신부의 몸매는 아이 둘쯤 낳고 나면 달라질 것이며, 멋지고 능력 있던 신랑 역시 세파에 찌들면 변할 수밖에 없는데, 그때까지도 까닭의 사랑에 머무른다면 불행해질 수밖에 없다. 그때 필요한 게 '불구하고의 사랑'이다. 비록 몸매가 망가진 부인이지만, 비록 사회적 능력이 떨어진 남편이지만, 비록 속 썩이는 못난 자식이지만, 그럼에도 불구하고, 내 아내, 내 남편, 내 자식으로서 사랑하는 것, 그게 바로 불구하고의 사랑이라는 것이다.

한 교수는 몇 년 전 방한했던 프란치스코 교황과 동갑이라고 자신의 나이를 밝혔다. 우리나라 나이로 팔순을 훌쩍 넘긴 연세다. 그런 그가 1시간 동안 열정적으로 풀어낸 이야기는 말 그대로 감동, 그 자체였다. 따로 필기하거나 메모하지 않았지만 이미 머릿속에 오롯이 들어차 있다.

강의의 말미에 한 교수는 누군가를 안다는 것의 의미에 대해 들려주셨다. 'I know you'와 'I understand you'의 차이를 알아야 한다. know는 외형적 조건을 인지한다는 의미이다. 너의 키를 안다, 직업을 안다, 이름을 안다, 성을 안다 등등. 반면 understand는 말 그대로 너의 밑에 서겠다(임하겠다)는 뜻이다. 즉 상대를 이해한다는 것은 기꺼이 그 상대의 밑에 서겠다는 의미인 것이다. 소통부재의 시대라고 한다. 다른 말로 하면 서로를 이해하지 못하는 시대를 살고 있다는 얘기다. 이해한다는 것은 자신을 낮추고 상대를 우러르는 것이다. 그래야만 비로소 상대를 제대로 알게 될 것이며, 상대의 이해 또한 구할 수 있는 것이다.

프란치스코 교황의 리더십, 즉 바보 리더십이 바로 그런 것이다. 높은 곳에서 내려다보면 제대로 보지 못한다. 밑에 있는 사람의 고통을 알지 못한다. 위에서 내려다보는 리더십이 아니라 더 낮은 곳에 임하려는 자세를 가질 때 비로소 상호이해, 상승, 상생이 이루어진다.

원로교수의 감동적인 강의를 들은 뒤 곧바로 강단에 오르려니 몸이 오그라드는 것 같았다. "존경하는 한완상 교수님의 강의에 이어 곧바로 연단에 오르니 참으로 부담스럽습니다. 마치 조용필 다음에 무대에 오른 가수가 된 것 같은 기분입니다." 겨우 생각해낸 강의 첫마디였다. 그 덕분에 한결 부담을 덜고 한 시간을 채울 수 있었다.

코로나 시대의 사랑

한눈에 사랑에 빠진 조너선(존 쿠삭 분)은 세라(케이트 베킨세일 분)에게 전화번호를 묻는다. 운명적인 사랑의 환상을 가진 세라는 연락처를 주는 대신 운명에 맡길 것을 제안한다. 고서적에 자신의 이름과 연락처를 적은 후 헌책방에 판 뒤 조너선에게 그 책을 찾으라고 한다. 더구나 세라는 조너선의 연락처가 적힌 5달러 지폐로 솜사탕을 사 먹고는 그 돈이 다시 자신에게로 돌아오면 연락하겠다고 말한다. 이후 완전히 다른 삶을 살아가던 조너선과 세라는 7년 전 뉴욕에서의 만남을 잊지 못한다.

영화 〈세렌디피티〉(피터 첼솜 연출)의 도입부다. 황당하기 이를 데 없는 이야기지만 운명적 사랑의 환상을 그린 영화로는 손색이 없다. 중년의 필자 역시 운명적 사랑에 대한 환상을 품은 걸까. 난데없이 영화 〈세렌디피티〉가 떠올랐다. 전혀 다른 이유에서. 영화에서 세라가 헌책방에 맡긴 책은 가브리엘 가르시아 마르케스의 소설『콜레라 시대의 사랑』이다. 이즈음 알베르 카뮈의『페스트』와 함께 다시 주목받고 있는 책이다. 이유는 불문가지.

19세기 말에서 20세기 초까지 콜레라 감염병이 대유행했다. 이른바 콜레라 시대다. 클래식의 거장 차이코프스키 역시 콜레라 시대의 희생자 중 한 명이었다. 1893년 〈비창〉을 초연하고 9일 후 사망했다. 차이코프스키의 사망 원인을 두고 지금껏 뒷말은 무성하지만, 당시 공식적인 사인은 콜레라 감염이었다.

남미 문학의 거장 마르케스는 노벨문학상 수상 후『콜레라 시대의 사랑』을 발표했다. 소설은 19세기 말 콜롬비아 카리브 해의 어느 마을을 배경으로 세월의 흐름과 죽음, 질병을 뛰어넘는 운명적인 사랑을 그리고 있다. 부유한 상인의 딸인 페르미나를 사랑하지만 환경과 어긋난 상황으로 인해 괴로워하던 가난한 청년 플로렌티노. 그는 수많은 여인과 세속적인 사랑을 나누며 자신이 페르미나를 극복했다고 생각하지만 우연한 기회에 다시 그녀와 조우하면서 확신을 잃는다. 그때부터 그는 언젠가 페르미나가 자신에게 돌아오리라 믿고 그녀에게 어울리는 사람이 되기 위해 돈과 명예를 차곡차곡 쌓아간다. 그리고 마침내 페르미나의 남편 우르비노 박사의 장례식 때, 51년 9개월 4일을 기다려온 자신의 사랑을 고백한다. 작품은 질병과 늙음과 계급을 뛰어넘는 운명적인 사랑의 연대기를 그린다. 그러나 그 이면에는 식민시대에서 근대 사회로 넘어가는 19세기 말부터 1930년대까지, 이른바 콜레라 시대를 힘겹게 살아내야 했던 아메리칸들의 지난한 삶의 몸부림이 응축돼 있다.

2020년, 연초부터 불어 닥친 코로나19 감염병 열풍이 거세다. 후세인들은 이 시기를 일러 '코로나 시대'라 부르게 될 것이다. 코로나 시대의 한중간에서 하루하루 힘겹게 버티고 있는 세계인의 몸과 마음이 무겁고 버겁다. 바이러스보다 무서운 마음의 혼란과 공포심이 아시아를 넘어 유럽과 미국을 덮치고 있다. 코로나 바이러스와 함께 팬데믹, 인포데믹, 코호트 격리 등 들도 보도 못했던 희한한 용어들이 활개를 친다.

이 와중에 사랑 타령이라니 있을 수 없는 일이다. 그러나 남미 문학의 거장 마르케스가 '콜레라 시대의 사랑'을 이야기했듯이 이제 우리도 '코로나 시대의 사랑'을 이야기해야 한다. 어려울 때일수록 희망은 사람이다. 사람은 사랑으로 산다.

부산의 한 파출소 앞에 뭔가를 떨구고 홀연히 사라지는 청년의 모습이 CCTV에 담겨 뉴스를 탔다. 남자가 두고 간 건 11장의 마스크와 사탕, 그리고 손편지였다. 거기 이런 내용이 담겨 있다. "부자들만 하는 게 기부라고 생각했는데 뉴스를 보니 저도 도움이 되고 싶어서 용기를 내서 줍니다. 너무 적어서 죄송합니다. 위험할 때 가장 먼저 와주시고 하는 모습이 멋있고 자랑스럽습니다."

정작 막아야 할 건 바이러스지만 사람들은 엉뚱하게도 국경을 막는다. 부득불 사회적 거리두기를 이야기하는 와중에 정작은 사람과 사람 사이의 신뢰와 마음의 거리를 둔다. 『사피엔스』, 『호모 데우스』의 저자 유발 하라리는 영국 〈파이낸셜타임스〉 기고문을 통해 코로나19 감염증 대응에 가장 성공적인 사례로 한국과 대만, 싱가포르 등을 꼽는다. 이들 국가는 광범위한 테스트, 투명한 정보 공개, 정보력 있는 시민들의 참여로 위기를 극복하고 있다. 요는 '국수주의적 고립'을 선택할 것이냐 '글로벌 연대'를 구축할 것이냐. 코로나 시대의 사랑은 물리적 거리는 두되 마음의 거리를 좁히는 것에서 시작된다.

구름, 예술적 영감의 원천

어렸을 적에 그림을 좋아했다. 수채화를 자주 그렸는데 소재는 늘 동네 풍경이었다. 산중턱에 자리잡은 동네이다 보니 동네 풍경이란 곧 산과 나무와 냇물이었다. 밑그림을 그리다 보면 언제나 나무와 산을 그리고, 이어서 옹기종기 모여 있는 집들을 그렸는데, 다 그려놓고 보면 언제나 가장 넓은 공간을 차지하는 건 하늘이었다. 그 가장 넓은 곳을 세밀하게 그리지 않은 걸 후회하게 만든 화가가 있다. 그의 그림을 보는 순간 '아, 구름이 이렇게 중요한 역할을 하는 구나' 하고 감탄했던 것이다. 두말할 것도 없이 그는 '구름의 화가', 존 컨스터블이다. 루크 하워드가 구름에 이름을 붙이기로 했던 사람이라면, 존 컨스터블에게 구름은 영감의 원천이었다.

찰스 로버트 레일리가 쓴 『존 컨스터블의 생애』(1843)에는 소묘와 영감에 대한 일화가 나온다. "쾌활하지만 괴짜인 윌리엄 블레이크는 컨스터블의 연필 스케치를 보고는 '이건 소묘가 아니라 영감이로군'이라고 했다. 이 말을 들은 컨스터블은 유쾌하게 받아쳤다고 한다. '난 이전까지 영감을 몰랐다네. 난 그걸 소묘라고 생각하네.'"(케네스 클라크의 『그림을 본다는 것』에서 재인용)

반 고흐의 그림이 강렬한 색감과 과감한 필치를 보인다면, 터너는 휘몰아치는 듯한 격정적 이미지를 창출해낸다. 그럼에도 풍경화라고 하면 가장 먼저 떠오르는 화가가 컨스터블이다. 구름에서 얻은 영감을 세밀한 필치로 그려낸 데서 기인한 것이 아닐까. 컨스터블은 자신의 감정을 색채나 이미지로 극대화하는 대신 풍경의 특정 국면에 오롯이 투사했다. 문학으로 치면 은유인 셈이다.

컨스터블의 그림에선 구름이 살아 움직인다. 풍경화에서 구름은 간과하기 쉬운 대상이다. 풍경화의 중심은 아무래도 산이나 나무, 강이나 수로, 사람이나 말처럼 물성 강한 대상일 수밖에 없다. 컨스터블은 그러한 물성 대신 구름을 영감의 원천으로 삼았고, 구름을 통해 변화무쌍한 자연의 섭리를 묘사했다.

구름을 표현하기란 결코 쉬운 일이 아니다. 구름을 그리는 것은 크로키로 잡아내는 것이 아니라 영감으로 읽어내야 하기 때문이다. 윌리엄 블레이크가 컨스터블의 그림을 일러 "소묘가 아니라 영감"이라고 했던 이유가 그것일 테다.

화가의 영감이 곧 그림의 생명이다. 그래서 존 컨스터블은 구름의 화가이면서 동시에 영감의 화가였다. 컨스터블의 풍경화엔 언제나 구름이 등장한다. 대충 뭉뚱그려 표현한 게 아니다. 집이나 물레방아, 나무와 숲, 대지와 강처럼, 구름 또한 최대한 사실적으로 그렸다. 아이러니하게 컨스터블의 풍경화에서 희미하게 묘사된 건 사람뿐이다.

빈센트 반 고흐는 밤의 화가다. 밤하늘의 별들을 그보다 더 선명하고도 정확하게 그린 화가는 없다. 나중에 밝혀진 바, 반 고흐의 그림 속 별자리는 그림을 그릴 당시(날짜와 시간)의 실제 별자리 위치와 일치한다. 결코 허투루 그린 것이 아니었다.

루크 하워드가 구름의 사나이, 존 컨스터블이 구름의 화가, 빈센트 반 고흐가 밤의 화가였다면, 소설가 김애란에겐 구름의 작가(소설가)라는 별칭을 붙여야겠다. 그의 소설집 『비행운』을 보면서다. 루크 하워드가 구름에 이름을 붙여준 사람이라면 김애란은 구름에 사람의 감정을 불어넣는다.

"정차된 항공기들은 모두 앞바퀴에 턱을 괸 채 눈을 감고 그 바람을 느끼고 있었다. 어느 나라에서 불어와 어떤 세계로 건너갈지 모르는 바람이었다. 몇몇 항공기는 탑승동 그늘에 얌전히 머리를 디민 채 졸거나 사색 중이었다. 관제탑 너머론 이제 막 지상에서 발을 떼 비상하고 있는 녀석도 있었다. 딴에는 혼신의 힘을 다해 중력을 극복하는 중일 테지만 겉으로는 침착하고 여유로워 보였다. 얼마 뒤 녀석이 지나간 자리에 안도의 긴 한숨 자국이 드러났다. 사람들이 비행운이라 부르는 구름이었다."

(김애란 소설집 『비행운』 수록작 「하루의 축」에서)

소설을 읽으며 밑줄을 치는 건 드문 일이긴 하다. 그래도 도리 없이 밑줄을 치게 되는 건 밑줄이라도 쳐두지 않으면 안 될 것 같은, 문장 혹은 걸진 표현들을 만나게 될 때다. 서둘러 연필을 붙잡고 정신없이 밑줄을 그으며 읽어가다 보면 어느새 소설의 전체 그림보다는 바로 그 밑줄 친 문장에 코를 박고 생각을 묻어, 한동안 멈칫하게 된다. 김애란의 소설집 『비행운』을 읽으면서 몇 번씩이나 그래야 했다.

생명이란 무엇인가?

나날이 고민이 깊어진다. 계절 탓이려니 싶지만 이게 어디 계절 탓이기만 하겠는가. 연초부터 기승을 부려온 코로나 바이러스와 더불어 어떤 사람의 갑작스러운 죽음 역시 한몫을 했을 것이다. 삶과 죽음에 대한 고민은 자연스럽게 생명이란 무엇인가를 묻는 근원적인 질문으로 이어진다. 몇몇 독서가 답을 주는 듯도 했다. 그러나 나의 근본적인 의문은 어떤 것의 의미를 캐내어서 정의하려는 것이 아니다. '정의'하기보다는 '관계'를 규명하고 싶은 마음이다.

신뢰할 만한 책들이 있다. 김용준 교수의 『과학과 종교 사이에서』와 신영복 선생의 『강의』다. 김용준 교수의 책은 섣불리 어떤 것을 '정의'하는 것보다는 어떤 것들의 '사이'를 고찰하는 것이야말로 훨씬 학구적이라는 당연한 사실을 알려준다. 신영복 선생이 『강의』를 통해 들려주는 '관계론'은 더욱 절절하게 다가온다. 정점은 해석학자 가다머가 찍는다. "어떤 것을 정의하는 순간 축소, 왜곡의 혐의를 벗기 힘들며, 그 어떤 정의도 실체적 진실을 전유할 수 없다"고.

생명의 의미를 쉽고 재미있게 설명하는 후쿠오카 신이치의 『생물과 무생물 사이』역시 신뢰할 만한 저작이다. 그런데 뜻밖에도 이 책은 생명의 의미에 대해 너무나도 간단명료하게 '정의'하고 있다. "생명이란 자기를 복제하는 시스템이다." 이 단순한 명제를 이해하기 위해 우리는 한 치의 흐트러짐도 없이 책을 숙독해야 한다. 미리 겁먹지는 말자. 저자는 과학자치고는 꽤 친절한 편이며, 믿기지 않을 정도의 섬세한 문학적 감성을 가진 사람이다.

1953년 〈네이처〉에 겨우 1천 단어(한 쪽 정도)의 짧은 논문이 실린다. 'DNA의 이중나선'에 관한 이 논문의 두 저자 제임스 왓슨과 프랜시스 클릭은 논문의 마지막 부분에서 담담하게 말한다. "이 대칭 구조가 바로 자기복제 기구를 시사한다는 것을 우리가 모르는 게 아니다." 그 마지막 부분의 "~ 우리가 모르는 게 아니다"라는 모호한 표현은 이전의 숱한 과학자들의 수고와 성취를 함부로 전유하거나 도용하지 않겠다는 의도가 내포된 겸양의 의미로 이해된다.

이를테면 이런 것들이다. 'DNA = 유전자'를 최초로 발견한 오즈월드 에이버리, 샤가프의 퍼즐, 그보다 앞서 '동적인 평형 상태'에 대해 최초로 밝힌 루돌프 쉰하이머와 역작『생명이란 무엇인가?』를 통해 생명에 대한 총체적 화두를 던졌던 슈뢰딩거, 무엇보다 X선 해독의 과정에서 최초로 이중나선구조를 발견했지만 끝내 공로를 인정받지 못한 로절린드 프랭클린, 그녀의 발견을 알면서도 끝내 침묵한 대가로 왓슨, 클릭과 함께 노벨상을 받게 되는 윌킨스까지.

다시 생명이란, 끝없는 세포분열과 신진대사 등 자기복제와 활동(브라운 운동)을 통해 활력과 에너지를 생산해 마침내 최대의 엔트로피에 다다라 죽게 될 운명이지만, 다행히 체내의 조직적 상호작용을 통해 '동적 평형'을 유지하며 생명 활동을 이어간다. 생소하기 이를 데 없는 동적 평형의 의미를 좀 더 체계적으로 정리하면 아래와 같다.

"생명이라는 이름의 동적인 평형은 그 스스로 매 순간순간 위태로울 정도로 균형을 맞추면서 시간 축을 일방통행하고 있다. 이것이 동적인 평형의 위업이다. 이는 절대로 역주행이 불가능하며, 동시에 어느 순간이든 이미 완성된 시스템이다. 자연의 흐름 앞에 무릎 꿇는 것 외에, 그리고 생명을 있는 그대로 기술하는 것 외에 우리가 할 수 있는 일은 없다."(『생물과 무생물

사이』에서)

　김용준 교수의 『과학과 종교 사이에서』에 생명의 본질과 더
불어 인간의 본성을 일깨우는 이야기가 나온다. 40만 년 전 인
류인 네안데르탈인의 화석 중에 양쪽 팔이 없는 것이 발견됐다.
면밀히 살펴보니 선천적으로 팔이 없이 태어났다. 그런데 발견
된 화석은 성인의 골격을 갖추고 있었다. 양팔 없이 수십 년을
살아온 것이다.

　문명 이전부터 인간은 서로를 돕는 마음을 가지고 있었다. 생
명의 본질이면서 인간의 본성이 바로 그것이다. 생명은 끊임없
이 자기복제를 하는 시스템이면서 동시에 더불어 사는 삶을 추
구해온 시스템이다.

역사 지식의 역설

"이 세상에서 가장 재미없고 힘든 일이 뭔 줄 아세요? 정치경제학을 읽는 일이에요. 특히 당신이 쓴 정치경제학. 그러니 걱정하지 말아요. 저들(경찰)은 당신이 쓴 정치경제학을 읽지 않을 거예요." 위로의 말치곤 참 얄궂다. 막 탈고한 『자본론』을 경찰에 빼앗긴 뒤 상심하고 있는 남편 마르크스에게 아내 예니가 해준 말이다. 아내의 말을 가만히 듣고 있던 마르크스가 한마디 한다. "그런데 말이오. 정치경제학을 읽는 것보다 더 힘든 일이 뭔 줄 아시오? 그건 바로 정치경제학을 쓰는 일이라오."

『미국민중사』의 저자 하워드 진이 쓴 탁월한 에세이 『마르크스, 뉴욕에 가다』에 나오는 내용을 내 맘대로 각색해봤다. 아무려나 마르크스도 그의 아내 예니도 『자본론』을 읽을 사람은 그리 많지 않을 거라고 예측했던 모양이다. 그러나 그들의 예측은 빗나갔다.

마르크스는 자본주의자들도 『자본론』을 읽을 것이라는 사실을 깨닫지 못했다. 처음에는 소수의 추종자들만 그의 예지를 진지하게 받아들이고 그의 글을 읽었지만 그 사회주의 선동가들이 지지 세력을 갖게 되고 힘을 얻자 자본주의자들은 초긴장했다. 그래서 그들도 『자본론』을 정독했고, 마르크스주의적 분석 도구와 통찰을 차용하기 시작했다.

19세기 중엽 카를 마르크스는 탁월한 경제적 통찰에 이르렀다. 그 통찰에 기반해 그는 프롤레타리아 계급과 자본가 계급 사이의 폭력적 갈등이 점점 증가할 것이고, 결국 프롤레타리아 계급이 승리해 자본주의 체제가 붕괴할 것이라고 예측했다. 그는 혁명이 산업혁명의 선봉에 선 영국, 프랑스, 미국 같은 나라에서 시작할 것이고, 그런 다음 다른 나라들로 확산될 걸로 확신했다.

사람들은 마르크스주의자들의 진단을 받아들이면서 이에 따라 행동도 바꾸었다. 영국과 프랑스 같은 나라의 자본가들은 노동자의 처지를 개선하고, 민족의식을 고취시키고, 국민을 정치 체제 안으로 통합하려고 시도했다. 그 결과 노동자들이 선거에 나가 투표하기 시작하고 노동당이 여러 나라에서 잇달아 권력을 잡았지만, 자본주의자들은 여전히 안심하고 숙면을 취할 수 있었다.

결과적으로 마르크스의 예측은 완전히 빗나갔다. 공산주의 혁명은 영국, 프랑스, 미국 같은 산업강국을 집어삼키지 못했고, 프롤레타리아 독재는 역사의 쓰레기통에 처박혔다. 바로 그 부분에 대한 역사학자 하워든 진의 진단은 통렬하다. "자본주의의 패망을 예측한 마르크스가 한 가지 간과한 것이 있다. 자본주의는 그 자체 모순으로 망할 수도 있지만, 스스로 자기모순을 극복하는 방향으로 진화한다는 사실 말이다."

역사 지식의 역설이다. 역사는 이른바 2단계 카오스다. 카오스계에는 두 종류가 있다. 1단계 카오스는 자신에 대한 예언에 반응을 하지 않는 카오스다. 가령, 날씨는 1단계 카오스다. 2단계 카오스는 스스로에 대한 예측에 반응하는 카오스다. 그러므로 정확한 예측이 불가능하다. 시장이 그런 예다(유발 하라리 지음, 『사피엔스』).

날씨 같은 복잡한 시스템은 우리의 예측에 아랑곳하지 않는다. 반면 인간의 발전 과정은 우리의 예측에 반응한다. 예측이 훌륭할수록 더 많은 반응을 유발한다. 지식이 축적될수록 예측은 어려워진다. 예상 가능한 혁명은 결코 일어나지 않는다. 그러면 왜 역사를 연구하는가? 유발 하라리의 대답은 명료하다. 물리학이나 경제학과 달리 역사는 예측하는 수단이 아니다. 역사를 연구하는 것은 미래를 알기 위해서가 아니라 우리의 지평을 넓히기 위해서다(『사피엔스』). 역사 공부의 목표는 과거라는 손아귀에서 벗어나는 것이다. 역사 공부는 우리에게 어떤 선택을 하라고 알려주지 않지만, 적어도 더 많은 선택의 여지를 제공한다(『호모 데우스』).

"우리는 앞으로 나아가야 하지만 늘 뒤를 돌아본다." 철학자 키르케고르의 말이다. 여기서 뒤란 과거이자 역사다. 거기 미래의 모습이 담겨 있어서 보는 것이 아니다. 미래를 예측하기 위해 과거를 보는 것이 아니라 지평을 넓혀 이전보다 풍부한 선택지를 상상하려는 것이다. 마르크스의 예측은 빗나갔지만, 그는 우리에게 다양한 상상력의 날개를 달아줬다. 그 덕분에 지금 우리는 보다 넓고 높은 세상을 향해 날아오를 수 있게 됐다.

발리의 사제는 그저 가끔씩만 오리를 가리킨다

가진 사람은 더 갖기 위해 수단과 방법을 가리지 않는다. 없는 사람은 최소한의 생존조건을 유지하기 위해 가진 사람에게 고개 숙인다. 노동자와 농민, 가난한 사람들은 왜 선거에서 자신의 이해를 대표하는 노동자당이나 진보진영에 투표하지 않는 걸까? 이 오래된 주제에 대한 경제학자 베블린과 사회철학자 피에르 부르디외의 답변은 대동소이하다. 가난한 사람들은 변화를 두려워하며, 자신들의 언어(언로)를 갖지 못했기 때문에 보수화된다는 것이다.

현실적인 원인은 따로 있다. 가진 사람들의 지나친 욕심 때문이다. 어떤 측면에서 더 가지려는 욕망은 지극히 자연스러운 것으로 보인다. 그러나 공동체의 공영과 발전이라는 관점에서 보면 부자들의 탐욕은 여지없이 사회정의와 배치된다. 결국 문명의 수레바퀴가 온전히 굴러왔던 동인은 약자들의 투쟁과 더불어 권력과 돈을 가진 사람들의 욕망을 억제해온 결과인 셈이다.

역사는 승자의 기록이지만 문학은 패자를 위한 위로와 치유의 기록이다. 더러는 '샤덴프로이데Schadenfreude(남의 불행이나 고통을 보면서 느끼는 기쁨을 말한다)'로 둔갑하기도 했지만 꼭 그렇기만 했던 건 아니다. 문학은 패자의 눈물을 외면하지 않았고, 금욕의 가치를 일깨웠다. 그런 의미에서다. 스위스 작가 페터 빅셀의 산문집 『나는 시간이 아주 많은 어른이 되고 싶었다』는 결핍을 즐기는 것의 미덕을 일깨운다.

책에 나오는 페터 빅셀의 짧은 이야기들은 은연중에 사람의 마음을 사로잡는다. 결코 목소리를 높이거나 자기주장을 두드러지게 드러내지 않는데도, 이 장편掌篇 형식의 글들은 읽는 이의 마음 깊은 곳으로 파고든다. 그중 특히 '발리의 사제는 그저 가끔씩만 오리를 가리킨다'가 인상적이다. 권력은 누리기 위해서만 있는 것이 아니며 권력을 절제하는 것만으로도 이리 아름다운 이야기를 만들 수 있다. 결핍을 즐기는 것이야말로 진정한 권력의 미덕이다. 책의 내용을 발췌해본다.

발리에 사는 친구가 내게 말했다. "사제는 뭔가 필요하면 손가락으로 그걸 가리킨다네. 그럼 가질 수 있지." 그러면 사제는 부자가 될 수 있겠다고 하자, 친구는 깜짝 놀라 날 바라보았다.

"아니야, 사제들은 현명해." 그는 사제들이 현명하고, 오리가 필요하면 오리를 가리킨다는 말만 반복했다. 나는 물러서지 않았다. 사제도 사람이며, 사람은 권력을 악용하는 성향이 있다고. 모든 사람이 그렇지는 않아도 간혹 그러는 사람들이 있다고 주장했다. 그는 유럽은 그러냐고 물었고, 나는 창피하지만 고개를 끄떡이며 시인했다. 그는 나를 위로하기 위해 해명거리를 찾으려고 했다. 한참 뒤에 그가 말을 꺼냈다.

"사제들은 피곤해. 엄격한 학교를 다녔고, 산스크리트어와 또 다른 언어와 이 세상의 모든 지식을 평생 배우고 또 배우지. 마침내 사제가 됐을 때는 이미 무척 늙었다네. 권력을 사용하기에는 너무 피곤한 상태지." 어쩌면 현명함은 피로와 관계가 있는지도 모른다. 피로는 한때 신중함이라는 뜻이기도 했다. "뚱뚱한 남자들을 내 주변에 두라." 카이사르가 한 말이라고 한다. 느린 남자들이라는 의미였을까? 내가 보기에도 우리의 민주정치는 너무 느릴 때가 많다. 하지만 정치가 너무 빨라지고, 정치적 성공이 스포츠가 된다면 얼마나 끔찍하랴.

발리의 사제는 권력을 소유했다. 모든 것을 가리키고, 모든 것을 소유한다. 그러나 발리의 사제는 그저 가끔씩만 오리를 가리킨다. 권력을 가진 사람이 현명함을 잃어버리고 탐욕에 사로잡히면 수많은 사람이 고달프다. 권력의 속성에 매몰되지 말고 권력 본연의 의미를 제대로 이해해야 하는 이유다.

　권력의 의미는 다양하지만 보통은 정치권력을 의미한다. 바로 그 정치권력의 속성을 중국 5천년의 역사 속에서 고찰해본 책이 화원위엔의 『권력』이다. 책은 중국 5천년의 역사 속에서 그 빛을 찬연히 발하고 있는 권력가들이 행한 권력의 도를 담아냈다. 거기 나오는 "권력은, 천하의 큰 이로움이자 큰 해로움(權力, 天下之大利大害)"이라는 말이 깊이 와닿는다. 권력은 과연 무엇에 이로움이 되고, 무엇에 해로움이 되는 걸까. 페터 빅셀의 글은 바로 그 질문에 대한 대답이다. 누릴 수 있는 권력을 최소화하며 직책을 이용해 부정을 저지르는 대신 그저 담담하게 결핍을 즐기는 것, 그것이 바로 이로운 권력이다. 발리의 사제는 그저 가끔씩만 오리를 가리킨다.

자신의 문장을 갖는다는 것

버펄로행 비행기를 타기 위해 공항에 도착한 작가 빌 브라이슨은 사진이 부착된 신분증을 제시하라는 검색대 직원의 말을 듣고는 오래전 발급받은 운전면허증을 제시한다. 공항 직원은 유효기간이 지난 면허증이라며 난색을 표한다. "그럼, 비행기를 몰지 않도록 하죠." 딴엔 기지를 발휘했지만 직원은 요지부동이다. 빌은 마침 자신이 쓴 책을 꺼내 책의 표지사진이 자신이라고 소개한다. 공항직원이 다시 고개를 흔든다. 순간 빌은 직원에게 바싹 다가서서 속삭인다. "설마 내가 버펄로행 비행기를 타기 위해 특별히 이 책을 만들었다고 생각하는 건 아니겠죠?"

결국 직원의 상사와 다시 그 상사의 상사가 동원된 끝에 어렵사리 검색대를 통과한다. 다시는 이런 식으로 해서는 안 된다는 준엄한 경고와 함께 최고 책임자의 허락하에 겨우 통과하게 된 것이다. 빌은 '버펄로에 가기 위해 나만큼 진지하게 노력한 사람은 없을 것'이라며 게이트를 향해 걷다가 문득 생각나는 것이 있어 뒤돌아서서 나지막하고 비밀스러운 어조로 공항 직원에게 말한다.

"치약 튜브에는 언제나 약간의 치약이 남아 있답니다."

영미권 작가 중에서 가장 유머러스한 작가로 알려진 빌 브라이슨의 『빌 브라이슨 발칙한 미국학』에 나오는 이야기다. 작가인 빌 브라이슨은 세상의 모든 작가들이 그랬던 것처럼 자신만의 문장을 갖고 싶어 했다. 그러나 기발한 문장을 만든 뒤 검색을 해보면 어김없이 오래전, 혹은 한발 앞서 그와 비슷한 문장을 지은 사람이 발견되곤 했다. 좌절에 좌절을 거듭한 끝에 빌은 마침내 자신만의 문장을 만들어낸다. 그게 바로 "치약 튜브에는 언제나 약간의 치약이 남아 있다"였다. 쾌재를 부른 빌은 며칠 후 공항에서 봉변 아닌 봉변을 당한 뒤 기어코 그 문장을 써먹는 데 성공한다. 다시 쾌재를 부르면서.

예술은, 특히 문학은 재능을 타고나야 한다고 믿는 사람이 있다. 과연 그런가? 아닐 것이다. 예술은 결코 재능으로 하는 것이 아니다. 글쓰기도 마찬가지다. 재능보다 중요한 건 욕망을 억제하는 인내와 꾸준한 노력이다. 독일의 대문호 괴테의 일갈이 멋들어진다. "자신을 억제하고 고립시키는 일이 궁극적으로 가장 큰 예술이지."예술을 하는 사람, 특히 글쓰기에 관심을 가진 사람이라면 한번쯤 음미해볼 만한 말이다. 이런 문장은 또 어떤가.

"노래를 배우려고 할 때도 자기 목청에 맞는 음이라면 간단히 낼 수 있지만 목청에 맞지 않는 음을 내기란 처음에는 무척 어렵지. 하지만 가수가 되려면 그것을 극복해야 되네. 가수는 어떤 음이라도 능란하게 낼 수 있어야 하기 때문이네. 시인의 경우도 사정은 마찬가지라네. 그저 허술한 주관적 감정만을 토로한다고 해서 시인이라고 할 순 없겠지. 그러나 이 세계를 제 것으로 만들어서 표현할 수 있게 되는 순간, 그는 진정한 시인이 되는 거네. 그렇게 되면 그는 끊임없이 사상을 떠올리며 언제나 새로울 수 있지. 반면에 주관적인 성향의 사람은 근소한 내면세계가 금방 바닥을 드러낸다네. 그리고 결국에는 매너리즘에 빠져서 파멸해버리고 만다네."(요한 페터 에커만의 '괴테와의 대화'에서. 김탁환의『천년습작』에서 재인용)

하마터면 봄의 유혹에 넘어가 갈팡질팡할 뻔했다. 그런 나를 단디 붙잡아준 고마운 문장들을 떠올려본다. 예술가로 산다는 것, 특히 자신만의 문장을 갖는다는 건 과잉된 감정에 취해 비틀거리는 것이 아니라 끊임없이 인내하고 부단히 노력하는 일이다. 작가 빌 브라이슨의 '치약론'은, 기절초풍할 만큼 웃긴 문장이지만 자신만의 문장을 만들었다는 점에 주목해서 보면 각고의 노력 끝에 맺은 결실이다. 대문호 괴테의 조언은 밋밋한 느낌이지만 가만히 새겨보면 묵직한 울림을 준다.

자신만의 문장을 갖고 싶은가? 그럼 서둘러 펜을 잡는 대신 책을 펼쳐라. 파노라마처럼 끝없이 물결치는 문장의 바다에 풍덩 빠져서 오래도록 유영하라. 그럼 서서히 알게 될 것이다. 자신의 문장을 갖는 일은 우선 누군가의 문장을 받아들이는 데서부터 가능해지는 일이라는 것을. 이제야 왔는가 싶은 봄이 어느새 달아나려 한다. 꽃비가 내리는가 싶더니 그새 더운 바람이 목덜미를 훑는다. 아픈 4월을 지나 더 아픈 5월을 맞기 위해 우리는 다시 걸음을 재촉해야 한다. 그러한 삶의 질곡 속에서 슬픔을 견디고 이겨낼 때 비로소 자신의 계절을 살게 될 것이다. 거기 불 꺼진 생각의 방안에 웅크리고 있는 자신의 문장을 끌어안아라.

기자는 묻는 사람이다

"신문의 '문' 자는 '들을 문' 자입니다. 그러나 많은 기자들은 '물을 문' 자로 잘못 아십니다. 근사하게 묻는 것을 먼저 생각하시는 것 같습니다. 그게 아닙니다. 잘 듣는 일이 먼저입니다. 동사로서의 '신문'은 새롭게 듣는 일입니다."

이낙연 국무총리가 기자 시절 후배 기자를 교육할 때 자주 했던 말이라며 SNS에 위의 글을 올렸다. 세간에선 문재인 대통령 취임 2주년 대담에 나섰던 KBS 송현정 기자의 태도에 대한 비판이라는 논평이 줄을 이었다. 아무려나 이 총리의 말은 어이없고 민망하고, 무엇보다 틀렸다.

결론부터 말하거니와 기자는 묻는 사람이다. 물론 잘 듣기도 해야 한다. 그러나 그 들음은 물음이 있고 나서의 일이다. 먼저 묻고 듣는 것이 기자다. 듣는 일이 먼저라는 이 총리의 말은 앞뒤가 맞지 않는다. 선후만 문제인 것이 아니다. 기자의 소명을 심각하게 왜곡한 말이고, 언론관을 의심케 하는 말이다. 재삼 강조하건대, 기자는 묻는 사람이다.

기자가 묻기를 제쳐두고 듣는 것에 집중하게 되면 도리 없이 두 가지의 유혹에 굴복당하고 만다. 권위적인 기자가 되거나 권력에 아부하는 굴종적인 기자로 전락하는 것이 그것이다. 묻지 않고 들은 것만으로 기사로 쓴다는 건 자기 변명만 늘어놓거나 일방적인 주장을 펴는 사람의 말을 그대로 기사로 써주겠다는 시혜적 발상이다. 하물며 권력의 말을 듣기만 하고 그대로 받아쓰는 건 권력에 빌붙은 굴종적인 언론의 전형이다.

이 총리 자신이 묻지 않는 기자였는지 모르겠다. 하기야 그랬으니 국민의 민주 열망을 짓밟고 권력을 탈취한 신군부의 괴수 전두환을 '이 나라의 위대한 영도자'라고 표현한 민정당 사무총장의 말을 그대로 인용해 기사를 작성했을 것이다. 그런 얼빠진 받아쓰기 행태는 부끄러워할 일이지 총리가 된 마당에 후배들에게 권장할 일이 아니다. 물어야 할 걸 제대로 묻지 않은 언론으로 인해 광주참상의 진실이 아직도 제대로 드러나지 않았고, 세월호의 진실이 수면 위로 올라오지 못하는 이유 중 하나다. 묻지 않는 언론은 사회를 병들게 하는 썩은 권력에 부역하는 언론이다. 자성하고 자숙해도 모자랄 판에 버젓이 후배들에게 비굴과 비겁을 요구하는 꼴이라니.

가짜뉴스와의 전쟁을 선포했던 이도 이낙연 총리였다. 그가 생각하는 가짜뉴스가 무엇인지 궁금하다. 내 생각에, 가짜뉴스란 묻지도 따지지도 않고 오로지 자신과 자신이 속한 집단의 이익을 위해 꾸며낸 이야기를 그대로 기사화한 것이다. 같은 맥락에서 묻지 않는 기자가 가짜뉴스를 생산한다. 잘 듣는 기자가 되란 이 총리의 주문은 곧 가짜뉴스나 쓰는 기자가 되라는 의미가 된다.

진실은 결코 스스로 모습을 드러내지 않는다. 누군가 진실을 밝혀내려 노력해야 한다. 그게 기자의 소명이다. 기자는 진실을 밝히기 위해 뒤지고 따져서 비로소 진실에 접근하는 사람이어야 한다. 다시 기자는 묻는 사람이다. 묻는다는 건 진실을 알기 위한 기본적인 노력이며, 정당한 문제제기이고 엄정한 비판이다. 스스로 모습을 드러낼 리 없는 진실에 다가서기 위해 기자는 사실을 근거로 끝없이 의심하고 묻고 비판하고, 다시 따져 물어야 한다. 그래야 비로소 진실은 수면 위로 올라온다. 묻기를 멈추고 듣기만 하는 기자라면 그는 더는 기자가 아니다.

"신문을 만드는 사람들은 풍랑 속에 떠 있다는 생각을 잊어서는 안 된다. 진실을 보도하는 것이 두려움을 떨칠 수 있는 유일한 방법이다. 당과 정부를 감시해라. 기사의 분석과 해결은 그들의 몫이다. 우리 모두 가슴에 대나무를 한 그루씩 심자. 독자들이 우리를 감시한다."

『중국인 이야기』의 저자 김명호가 소개한 중국 언론운동의 선구자 추안핑의 말이다. 진실을 묻는 기자는 가슴에 대나무 한 그루씩 심고 나선 사람이라는 말이 인상적이다. 설령 거대한 권력에 맞닥뜨려도, 막강한 영향력을 가진 부자 앞에서도 기자는 주눅 들지 않고 당당히 물어야 한다. 물어서 답을 얻어내야 한다. 보수와 진보로 갈린 우리의 언론 환경을 생각할 때, 추안핑의 신념과 뚝심이 시사하는 바 작지 않다. 오늘날 중국인들이 추안핑의 '품격'을 그리워하듯, 우리 역시 가슴에 대나무를 심은 듯 올곧은 언론, 권력과 자본 앞에서도 머리 조아리지 않는 뚝심 있게 질문하는 언론인의 출현을 기대해본다.

생각에 관한 생각

미국 3,141개 카운티를 연구한 결과 신장암 발병률이 낮은 카운티는 대부분 인구가 적은 시골로, 전통적으로 공화당 지지 지역인 중서부와 남부, 서부에 위치해 있다. 이 결과를 어떻게 생각하는가? 우선, '시골'이라는 데 주목해보자. 위 예시를 만든 통계학자 하워드 웨이너와 해리스 즈웰링은 이렇게 말했다. "낮은 암 발병률은 두말할 것 없이 시골의 깨끗한 생활방식 덕분이라고 추론하기 쉽고, 또 그렇게 추론하고픈 마음이 들게 마련이다. 공기도 깨끗하고, 물도 깨끗하고, 인공 첨가물이 안 들어간 신선한 음식을 먹을 수 있으니까."

완벽한 논리다. 이제 신장암 발병률이 높은 카운티를 살펴보자. 대부분 인구가 적은 시골로, 전통적으로 공화당 지지 지역인 중서부, 남부, 서부에 위치해 있다. 웨이너와 즈웰링은 농담

조로 이렇게 말한다. "높은 암 발병률은 두말할 것도 없이 시골의 가난 때문이라고 추론하기 쉽다. 좋은 의료 시설도 없고, 고지방 식사에, 술을 지나치게 많이 마시고 담배를 지나치게 많이 피우니까."

뭔가 잘못됐다. 시골의 생활방식이 신장암의 매우 높은 발병률과 매우 낮은 발병률을 동시에 설명할 수는 없는 노릇이다. 핵심은 해당 카운티가 시골이라거나 공화당 텃밭이라는 사실이 아니다. 대부분의 시골 카운티는 인구가 적다는 게 핵심이다. 표본이 적을수록 극단적인 결과가 나올 확률이 높다. 이를테면 주사위 두 개를 던져 동시에 6이 나올 확률이 주사위 일곱 개를 던져서 동시에 6이 나올 확률보다 훨씬 높다. 이른바 소수법칙이다.

2002년 노벨경제학상을 수상한 대니얼 카너먼의 저서 『생각에 관한 생각』에 나오는 인지적 편향의 흔한 예다. 통계의 함정에 대한 카너먼의 경고는 준엄하다. "통계들은 인과관계의 설명을 요구하는 듯한 수많은 관찰결과를 낳지만 그러한 설명에 도움을 주지는 못한다. 세상에 존재하는 많은 사실은 표본채집처럼 운에 의존하기 때문이다. 운 때문에 생긴 일들을 인과관계로 설명하기란 불가능하다."

인간의 의사결정 과정은 시스템1과 시스템2로 나뉜다. 시스템1은 큰 노력을 기울이지 않고 자동적으로 빠르게 작동하며, 시스템2는 복잡한 계산을 포함한 집중력과 주의력을 요하는 방식이다. 전통적인 주류 경제학에서는 인간을 이성적인 존재로 놓고 시스템2를 따른다고 생각했지만 행동경제학자 카너먼은 인간 행동의 특성을 합리성과는 거리가 먼 시스템1에서 찾는다.

시스템2에서 인간의 비이성적 판단과 의사결정이 나오는 이유를 설명하는 개념 중 하나가 '인지적 편향'이다. 인지적 편향은 네 가지로 크게 나눠볼 수 있다. 생각과 말에 그치기보다는 실행하는 게 무조건 낫다는 '행동 편향', 자신의 평소 생각과 일치하는 정보만 받아들이는 '확증 편향', 긍정적인 것보다 부정적인 소식에 더 끌리는 '부정 편향', 실체적 진실보다 잘 짜인 이야기가 더 큰 힘을 발휘하는 '이야기 편향'이다.

세상을 어지럽히고 인류를 고통에 빠뜨리는 위협은 역사의 매순간 존재했다. 작금의 주범은 단연 코로나19일 테다. 코로나19 못지않게 우리의 속을 뒤집어놓는 것이 있다. 21대 총선을 코앞에 두고 벌어지는 정치권의 '꼼수 전쟁'이 그것이다. 꼼수라고 전제했으니 이 글은 여기까지 읽힌 가능성이 크다. 저쪽에선 우리가 왜 꼼수냐며 넘길 것이고, 이쪽에선 저쪽에서 원인을 제공했기 때문에 억울하다며 읽던 신문을 집어던질지 모르겠다. 내 보기엔 죄다 한통속이다. 오로지 의석수 늘리기에만 혈안일 뿐 정작 봐야 할 것은 보지 않는다. 이 글조차 '이야기 편향'으로 읽는, 그들의 '확증 편향'이 문제라는 것이다.

이쯤에서 여전히 이 글을 읽고 있을 분들과 공유하고 싶은 이야기가 있다. 원점으로 돌아가서 선거란 사람을 설득하는 일이고, 사람을 위해 일할 사람을 뽑는 일이며, 사람이 사람답게 살고자 하는 최소한의 몸부림이다. 그러자면 우선 사람을 알아야 한다. 사람을 안다는 것의 의미를, 기왕이면 대니얼 카너먼식으로 얘기해보자. '나는 당신을 압니다'를 영어로 표현하면 'I know you.'라는 걸 모르는 사람은 거의 없다. 이건 시스템1로 본 것이다. 시스템2로 표현하면 'I understand you.'가 된다. 눈으로 보는 것만이 아니라 이성으로 보는 것이다. 사람을 이성으로 본다는 건 곧 자신을 낮추는 것이다. 'understand'의 의미가 그것이다. 낮은 곳에 서서 사람을 보는 것, 그게 바로 시스템2로 작동되는 정치다.

기업은행 이대형 대리, 칭찬합니다

코로나19 광풍이 다소 진정되는 느낌이다. 방심하기엔 이르지만 지난 몇 개월의 사투를 생각해보면 그나마 한숨을 돌릴 만하다. 참사라면 참사였고, 전쟁이라면 전쟁이었다. 전쟁에선 응당 영웅이 등장한다. 크게 보면 국민 모두 영웅이다. '정은경'으로 대표되는 중앙방역대책본부 직원들과 의료진들의 공을 잊을 수 없다. '정은경 보유국'이라는 자부심에 더해 헌신적인 의료진과 '사회적 거리두기'를 실천한 위대한 국민을 보유한 대한민국은, 어떤 의미에선 제3차 세계대전에 비유될 법한 '코로나19 전쟁'의 진정한 전승국이라 할 만하다.

거대한 전쟁을 승리로 이끌기 위해서는 한두 명의 영웅만으론 부족하다. 방역본과 의료진이 겉으로 드러난 영웅들이라면 드러나진 않았으되 자기 분야에서 묵묵히 일한 수많은 영웅이 있다. 오늘은 그중 한 사람을 칭찬할 생각이다. 암울하고 답답한 뉴스가 넘쳐나는 이즈음 잠시 마음을 훈훈하게 해줄 미담이라 믿어서다. 어디서 주워들은 이야기가 아니다. 직접 겪고, 느낀 바를 전한다.

필자는 수원에서 작은도서관 책고집을 운영하는 자영업자이면서 동시에 한국예술인복지재단에 예술활동증명을 해둔 작가(인문학 강사)이다. 코로나19는 자영업자이자 프리랜서 인문학 강사인 필자를 두루 힘들게 했다. 인문강좌를 진행하는 책고집은 연초부터 개점휴업 상태였다. 2월부터 진행할 예정이던 강좌는 몇 차례 연기 끝에 취소했고, 전국의 관공서와 공공 도서관, 평생학습관 등에 예약돼 있던 강연 역시 전면 취소되었다. 연초부터 현재까지 필자는 난데없는 백수의 삶을 살고 있다.

상황이 상황인 만큼 정부와 지자체, 각종 문화예술지원단체의 지원사업에 관심을 기울일 수밖에 없었다. 예술인 생계지원 대출을 받아야 했고, 소상공인 긴급대출을 받기 위해 이른 새벽 소상공인시장진흥공단과 경기신용보증재단, 기업은행 등을 오가며 줄을 서야만 했다. 와중에 앓아눕기도 했다. 감염을 우려하며 나흘 밤낮을 앓은 끝에 겨우 일어나 가장 먼저 한 일 역시 은행 앞에 줄을 서는 것이었다. 그렇게 긴급대출을 받으면서 겨우 버티고 있다.

오늘 소개할 사람은 긴급대출을 받기 위해 방문했던 기업은 행 수원지점에서 만난 은행원이다. 이름은 이대형, 직급은 대리다. 이대형 대리는 필자가 이전에 갖고 있던 은행과 행원에 대한 편견과 오해를 불식시켜주었다.

새벽에 줄을 선 사람들을 위해 은행은 정확한 시간에 셔터를 올린다. 셔터가 올라감과 동시에 중년의 직원이 나와 오늘의 대출 일정과 진행 순서 등을 설명한 뒤 번호표를 나눠준다. 표정은 언제나 밝다. 친절하고 자상한 어투는 덤이다. 알고 보니 은행의 부지점장이다. 안내를 받아 2층으로 올라가니 대출 전담 창구가 있다. 순번에 맞춰 창구로 가니 역시 밝은 표정의 직원이 맞이한다. 그가 바로 이대형 대리였다. 그의 말은 첫마디부터 인상적이었다.

"자격이 되십니다. 걱정하시지 말고 기다려주세요. 서류 검토 후 곧바로 진행해드릴게요." 평소 들어오던 은행직원의 말이 아니다. 은연 권위적인 표정과 딱딱한 어투, 늘 뭔가 부족하거나 잘못됐다는 지적과 함께 알아먹을 수 없는 규정을 들먹이며 거절을 일삼는 사람. 그게 은행원에 대한 나의 오랜 선입견이었다. 이대형 대리의 표정과 말은 사뭇 달랐다.

"새벽부터 줄 서시느라 고생하셨겠어요." 그 한마디가 아픈 다리도, 걱정스러운 마음도 일거에 내려놓을 수 있게 해주었다.

들고만 있을 수 없어 "은행직원들도 참 힘들고 고생스러울 것 같다"고 말해주었다. 다시 돌아온 그의 말은, 아, 감동이었다. "아닙니다. 이럴 때 도와주라고 은행이 있는 거잖아요. 저희 모두 몇 주째 야근하고 있지만 괜찮습니다. 어려운 분들 돕는다는 자부심도 있고요."

대출금이 찍힌 통장을 받아들고 은행을 나서는 발걸음이 한결 가벼웠다. 원하는 대출을 받은 기쁨 때문이었을 테지만 그것만은 아니었다. 친절함에 더해 소명의식으로 똘똘 뭉친 기업은행의 지점장, 부지점장과 모든 직원, 그중에서도 이대형 대리의 유연하고도 원숙한 고객 응대와 예의 미소를 잃지 않고 고객을 배려하는 마음에 매료된 덕분이었다. 기업은행 이대형 대리, 이런 직원에게는 상을 줘야 한다.

3.

래디칼하되
익스트림하지 않게

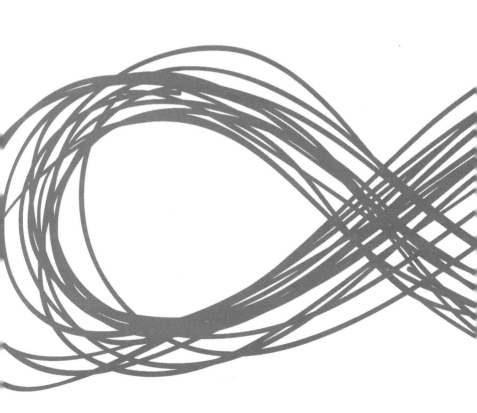

'지금, 여기' 우리네 삶의 풍경들

내 친구 곰돌이는 나이트클럽 웨이터다. 열아홉 살 때부터 20여 년 동안 그 일만 해왔으니 업계에선 베테랑 대접을 받는다. 그러나 생활력 강한 베테랑도 코로나19 팬데믹을 피해 가지는 못하고 있다. 애초에 고용형태가 불안한 데다 고용보험조차 없다. 유흥 쪽 종사자에겐 피해 구제의 기회조차 주어지지 않는다. 장기 휴업으로 생계가 곤란해서 물류회사 일용직 일을 시작했는데 하필이면 거기서 확진자가 나오는 바람에 그만두었다. 막노동과 아르바이트를 하고 있지만 언제까지 버틸 수 있을지 모르겠다. 악착같이 일해서 번 돈으로 여동생 둘을 결혼시켰을 만큼 곰돌이는 책임감도 강한 친구다. 정작 본인은 결혼도 못 했다. 왜 결혼을 하지 않느냐고 물으면, 삶이 팍팍해 가정을 꾸릴 엄두가 나지 않는다는 게 대답이다. 우리 곰돌이는 어떻게 살아야 하는 걸까? 유흥 쪽 일을 한다고 해서 모두가 유흥에 취해 사는 건 아니다. 우리 사회의 안전망은 한층 더 촘촘해져야 한다.

2020년 초, 공직사회는 발빠르게 움직였다. 신속하게 도서관과 평생학습관의 문을 닫았고, 각종 문화예술 공연과 전시를 취소했으며, 복지관의 운영을 중단했다. 신속함에 더해 집요함까지 보여주었다. 근무지엔 어김없이 방역관리인을 상주시켰고, 감시카메라를 통해 출입하는 사람들을 물샐틈없이 통제한다. 최근 사회적 거리두기 2단계가 발동되면서 잠시 문을 여는 듯하던 공공기관들이 다시금 앞다투어 문을 닫았다. 옳은 결정이다. 무엇보다 공무원의 안전과 건강이 중요하니까.

나는 작은도서관을 운영한다. 지난 몇 개월 동안 관공서의 관심을 듬뿍 받고 있다. 수시로 공문과 전화를 받는다. 방역을 철저하게 하라, 되도록 사람 많이 모이는 행사는 자제해달라, 언제부터 언제까지는 모임을 중단해달라 등등. 근데 참 희한한 일이다. 그렇게나 도서관의 방역과 시민의 안전을 걱정하는 분들이 어떻게 6개월이 넘도록 한 번도 나와보지 않는지 모르겠다. 앗, 작은도서관은 그분들이 보기에 안전이 검증된 공간이 아니었다. 안 오는 게 아니라 못 오는 거였다.

안전 안내 문자를 받는 일이 일상화되었다. 수시로 날아드는 안전 문자를 확인하면서 가족과 이웃과 우리 공동체의 안전과 안녕을 기원한다. 안전 문자는 중대본 문자와 지자체 문자로 나뉜다. 중대본 문자는 재난의 전반적인 추이를 알려주는 동시에 생활 속에서 실천해야 할 방역수칙 등을 안내한다. 지자체 문자는 지역 내 확진자의 발생을 알리면서 확진자의 동선을 안내한다. 안전문자는 받을 때마다 긴장감이 고조되지만 동시에 우리 주변에 이토록 열심히 일하는 분들이 있다는 걸 확인하면서 자부심도 갖게 된다. 중대본과 지자체의 방역 담당 공직자에게 새삼 고마움을 표한다.

어떤 이에겐 안전 문자가 곧 악몽이다. 지난해 지인이 운영하는 가게의 상호가 안전 문자에 들어 있었다. 지역 내 확진자가 하필 거길 다녀갔다는 거였다. 그 후 어떤 일이 벌어졌을까? 4개월이 지난 지금 지인은 가게 운영을 접었다. 안전 문자 하나가 모든 걸 무너뜨렸다. 단골들도 등을 돌렸고, 어쩌다 들어온 손님도 확진자가 다녀간 가게라는 걸 알면 나가버리기 일쑤였다. 시청에 하소연도 해봤단다. 방역조사관의 요구에 최대한 협조하며 철저히 방역했으니 이젠 안심하고 방문해도 좋은 곳이라는 후속 문자 한 번쯤 날려줄 수 없느냐고. 그러나 그분들이 그렇게 한가(?)할 리 없다. 애초 안전 문자는 안전이 아니라 불안과 위험을 배달하는 문자일 뿐이다. 지인은 그걸 몰랐다.

지난 몇 개월 보고 듣고 체감한 코로나 시대의 우리네 삶의 풍경이다. 어려움을 호소하는 사람이 어디 내 친구 곰돌이뿐이겠는가. 부디 이 땅의 모든 곰돌이들이 다시금 활력을 찾을 수 있기를 바랄 따름이다.

인문학을 가르쳐야 하는 이유

월터 카우프만은 『인문학의 미래』에서 인문학을 가르쳐야 하는 이유를 네 가지로 정리했다.

첫째, 인류의 위대한 작품들을 보존하고 양육하는 것이기 때문이다. 인문학은 인류의 역사와 업적을 다룬다. 역사의 대부분은 인간의 어리석음에 관한 우울하고 부질없는 이야기들, 맹목성과 잔인성으로 채워져 있다. 그럼에도 그것은 결코 무가치하지 않으며, 간혹 일어난 승리는 고통을 보상해준다. 그것을 후대에 전승하려고 노력하지 않는다면 우리는 인류의 배신자가 될 수밖에 없다.

둘째, 철학과 종교, 문학과 예술은 삶의 목표, 실존의 이유와 인간의 궁극목적을 다룬다. 그것들에 관한 올바른 해답이 이미 최종적으로 주어져 있고 그것이 비판의 여지없이 분명하다고 믿는 사람들은 아마 다른 대안을 공부할 필요가 없을 것이다.

셋째, 비전을 가르치기 위해서다. 엄격한 의미에서 비전은 소수의 사람들만이 가질 수 있으며 모든 대학생을 통찰가_{visionary}로 변화시킬 수 있다고 생각하는 것은 어리석다. 하지만 이 문제는 비전이 무엇을 의미하느냐에 따라 달라진다.

넷째, 비판 정신을 길러주는 것이다. 부정이 없는 긍정은 공허하다.

카우프만은 또한 네 가지 유형의 지식인 상을 제시한다. 통찰가 유형과 사변가 유형, 소크라테스 유형과 저널리스트 유형이 그것이다. 얼핏 위대한 통찰가처럼 보이는 이를 사변가로 끌어내리는가 하면, 소크라테스의 비판 정신을 계승해야 함을 강조한다.

카우프만이 가장 가혹하고 잔인하게 폄하하는 유형은 저널리스트 유형이다. 버나드 쇼의 희곡과 바이런의 시를 인용하는가 하면 20세기 초 미국 저널리스트 에드먼드 윌슨의 모순투성이의 글을 들먹이면서다. 카우프만이 인용한 버나드 쇼의 희곡 『의사의 딜레마』 4막 첫 부분은 다음과 같다.

"활달하고 상냥한 이 젊은이는 자신이 본 어떤 것도 정확하게 묘사할 수 없으며, 자신이 듣는 어떤 것도 정확하게 이해하거나 전달할 수 없는 성격상의 결함으로 일반적인 직업에는 재능이 없다. 이런 결함들이 전혀 문제가 되지 않는 유일한 직업은 저널리스트로 …… 그는 저널리스트가 될 수밖에 없었다."

너무 가혹하다. 그러나 어떤 면에서는 틀린 말이 아니다. 카우프만의 거친 표현대로 말하자면 저널리스트는 하루짜리 생명밖에 안 되는 글을 쓰는 사람들이다. 또한 오늘날 대학 사회에 넓게 진을 치고 있는 사변가 유형의 교수들이란 전문가적 글쓰기라는 미명 아래 같은 분야의 사람이 아니면 누구도 알아볼 수 없는 글(논문)이나 쓰며 자리보전에 연연하는 사람들이다.

인문학자란 10년, 30년 이상의 생명력을 가진 글, 미래를 전망하는 통찰력 있는 글을 써야 한다는 게 카우프만의 생각이다. 그러기 위해 우리는 인문학을 공부해야 한다. 소크라테스의 비판 정신으로 오늘을 분석하고 문제 제기하는 통찰력 있는 글을 써야 한다.

'경언유착'이라는 악취

'아름다움'이라는 감정에 대응하는 감각이 시각이라면 '더러움과 불결함'에 반응하는 감각은 단연 후각이다. 쓰레기를 보고 불결함을 느끼는 것은 모양새 때문이기도 하겠지만 그보다 먼저 악취에 반응하는 것이다. 인분을 더러워하는 이유도 그와 같다. 모양새보다는 냄새다.

살아 있는 모든 것은 자기 냄새를 갖는다. 꽃에만 향기가 있는 것이 아니다. 돌에도 흙에도 냄새가 있다. 나무나 풀, 물과 물고기, 날짐승과 들짐승에도 고유한 냄새가 있다. 바람은 세상의 모든 냄새를 실어 나르는 냄새의 전령이다. 사람이야 두말할 것도 없다. 사람의 몸에는 피지선이 있다. 특히 털이 많이 난 곳에 모여 있다. 피지선은 땀을 흘릴 때 12가지나 되는 스테로이드 계통의 냄새 물질(액체)을 분비한다. 그중 가장 많은 것이 안드로스테론이다. 안드로스테론이 사람에게 특이한 생리 현상을 유인하곤 한다. 이 분자는 인간의 애착심리와 관련이 있다. 아기들이 엄마 젖을 빨면서 편안해하는 것은 엄마의 사랑을 본능적으로 감지해서이기도 하겠지만, 엄마의 젖 주변에서 분비되는 안드로스테론 때문이기도 하다.

만약 냄새가 없는 사람이 있다면? 그건 아마도 악마의 현신일 것이다. 그걸 모티브로 한 소설이 파트리크 쥐스킨트의 『향수』다. 주인공 그루누이는 인간이 상상할 수 있는 악취 중에서 최악의 냄새를 풍기는 생선내장 썩는 구정물통에 버려졌다가 살아난다. 그 뒤 그의 몸에선 냄새가 나지 않는다. 그 대신 그루누이는 이 세상의 모든 냄새를 구분하고 배합하고 기억하는 신묘한 재주를 갖게 된다. 향수제조공인 그는 사람의 냄새에 탐닉하게 되고 그걸 채취하려고 연쇄살인을 저지른다. 그루누이가 주검의 표피에서 채취해 만든 향수는 그러나 누구도 만들어낼 수 없는 천상의 냄새, 즉 사랑의 묘약이 된다. 냄새의 역설이다.

파트릭 르무안의 『유혹의 심리학』에서는 유혹의 수단인 후각을 조명한다. 전장의 나폴레옹이 아내 조세핀에게 보낸 편지를 소개하며 사람의 체취가 얼마나 매혹적인지를 설명한다. 나폴레옹은 아내에게 이런 편지를 쓴다. "이제 두 주 후면 도착할 테니, 씻지 말고 기다리시오." 냄새는 또한 악의 유혹이기도 하다. 한수영은 소설『공허의 1/4』에서 락스와 락스 냄새를 오브제로 사용한다. 류머티스 관절염을 앓는 주인공의 심리와 락스 냄새가 절묘한 조화를 이룬다. 락스로 죄다 문대버리거나 칵 마셔버리고 싶은 것이다. 안드로스테론이 사랑의 묘약이라면 락스 냄새는 인간의 고통에 호응한다.

　시인 정희성은「불망기不忘記」에서 시대의 아픔과 친구의 죽음을 포르말린 냄새로 회억回憶한다. '나는 안다 우리들 잠 속의 포르마린 냄새를…….' 영화감독 봉준호는 포르말린 냄새에 한 발짝 더 다가간다. 주한미군이 한강에 방류한 것은 독극물 포름알데히드였다는 소름끼치는 가정에서 영화〈괴물〉이 탄생한다. 때로 냄새는 사랑의 묘약이면서 고통의 동반자이며 강한 독성으로 괴물을 탄생시키기도 한다. 장강명의 소설『표백』은 포르말린과 락스, 포름알데히드로 완전히 표백시킨 현실이 나온다. 그 표백된 세상을 살아내야 하는 청춘들, 즉 표백세대는 더 이상 할 일이 없다. 냄새 없는 세상, 얼룩이 없는 현실에서 그들이 선택한 청춘의 길은 기획자살이다. 장강명표 괴물의 탄생이다.

　다시, '아름다움'에 대응하는 감각이 시각이라면 '더러움과 불결함'에 반응하는 감각은 후각이다. 현실은 소설『표백』을 비웃는다. 세상은 여전히 씻겨내지 못한 악취에 오염돼 있다. 이번에는 '경언유착'이라는 악취다. 이재용 삼성전자 부회장

재판에서 특검이 제출한 자료 중에 언론인들이 장충기 전 삼성 미래전략실 차장에게 보낸 편지가 공개됐다. 편지들은 하나같이 청탁과 아부와 비겁의 내용들이다. 혹자는 삼성의 힘이 얼마나 대단한지를 보여주는 증거라지만 내가 보기에 그건 비굴하고 더러운 언론의 민낯이다. 실로 참기 힘든 악취를 뿜어낸다. 사외이사 자리를 부탁하고, 자식의 채용청탁을 하고, 광고비 좀 올려달라고 읍소한다. 괴물은 도처에 있다. 그들 모두가 체취사냥꾼 그루누이의 표적일 테고 그걸 원료로 만든 향수는 아마도 상상을 초월한 악취를 풍기는 지옥으로 인도하는 향수가 될 것이다.

민족정서 '흥'과 평창올림픽

수원에는 '화성華城'이 있다. 수원사람들의 화성에 대한 애정과
자부심은 각별하다. 그러나 자부심의 저편에 도사린 또 다른 감
정도 있다. 불편함이다. 수원 구도심 도로들은 화성으로 인해
심각하게 왜곡矮曲돼 있다. 수원 구도심에 길게 뻗은 도로는 없
다. 화성의 성문을 통과하려면 돌고 돌고 또 돌아야 한다. 과거
사통팔달을 자랑하던 교통도시 수원이 어느덧 교통지옥으로
전락한 것이다. 그런데 그게 과연 수원만의 문제일까? 시야를
넓혀서 살펴보자.

우리의 국토는 70퍼센트 이상이 산과 구릉으로 덮여 있다.
편평한 평야 대신 울퉁불퉁한 구릉들이 서로의 어깨를 겯고 틀
고 절대 놓치지 않으려는 결연한 의지를 보이고 있다. 그러니
우리나라에서 일직선 도로를 기대하는 건 무리다. 엄청난 예산

과 최첨단 공법을 동원해서 산을 관통하고, 산과 마을, 산과 강을 가로지르는 고가도로를 뚫고 깔고 세워야 비로소 해결되는 일이다. 그래서다. 한동안 우리는 우리의 자연환경을 못마땅해했다.

그렇기로, 세계의 문화유산 화성과 아름다운 우리의 산야를 원망할 수는 없는 일이다. 현실론과 경제론으로만 볼 것도 아니다. 우리 국토의 지형과 경관 속에 담긴 역사적, 정서적 특성을 제대로 이해해야만 한다. 이 대목에서 한예종 교수 심광현의 주장을 들어볼 필요가 있다. 심 교수는 우리나라의 구불구불한 지형을 오히려 고맙게 여긴다. 다소 엉뚱하게 들릴 수 있는 그의 주장은 그러나 상당한 근거와 타당성이 있다. 심 교수는 우리나라의 구불구불한 지형을 '프랙탈fractal'이라는 개념으로 설명한다. 프랙탈이란 '작은 구조가 전체 구조와 비슷한 형태로 끝없이 되풀이되는 구조', 즉 자기 유사성 개념을 기하학적으로 푼 구조를 말한다. 프랙탈은 '자기 유사성self-similarity'과 동시에 '순환성recursiveness'이라는 특징을 가지고 있다. 우리의 산과 들이 그렇고, 우리의 전통문화가 그렇게 끊임없이 자기 유사성과 순환성을 이어왔다는 것이 심광현의 주장이다(『흥한민국』을 참고할 것).

프랙탈이야말로 우리 민족의 역동성과 창의성, 나아가 '흥'

의 정서를 배태시킨 전통문화의 기반이다. 특히 우리의 전통정
서가 '한'이 아닌 '흥'이라는 대목에서 절로 무릎을 치게 된다.
그동안 우리는 우리 자신을 몰라도 너무 모르고 살아왔다. 이제
야말로 지긋지긋한 일제의 잔재를 청산하고 우리 전통문화를
새롭게 재발견, 재해석해야 할 때다.

　지금 우리를 둘러싸고 있는 현실은 녹록지 않다. 트럼프 정권
들어 점차 격화되고 있는 북한 핵개발을 둘러싼 북·미간 대립과
갈등, 과거를 인정하지 않는 일본의 신군국주의 망령, 여전히
지속되는 중국과 러시아의 팽창주의 등등 한반도를 둘러싼 국
제정세는 해결될 기미가 보이지 않는다. 그런 와중에 지금 우리
는 평창동계올림픽을 개최하고 있다. 경쾌한 분위기와 쉼 없는
춤사위, 최첨단의 예술이 어우러진 개막식부터 감동이었다. 남
북단일팀이 한데 어우러져 한반도기를 들고 입장하는 장면은
보는 순간 감당키 힘든 감동을 자아냈다. 개막식의 백미는 역시
올림픽성화 점화였다. 남북단일팀 선수들이 전달해준 올림픽
성화 백자항아리를 형상화한 성화대에 점화하는 김연아의 아
름다운 모습은 한반도를 넘어 세계만방에 평화의 메시지를 타
전한 것으로 해외 언론에서도 높이 평가한 장면 중 하나였다.

　우리 민족의 고유정서는 '한恨'이라는 말을 귀가 닳도록 들었
다. 학교에서 그리 가르치니 그런 줄로만 알았다. 그럴싸한 증

거들도 있으니 또 그럴싸하게 들리기도 했다. 그러나 우리 민족의 전통정서는 '한'이 아니라 '흥'이다. 우리는 '흥'이 많은 민족이다. 멀리 갈 것 없이 가깝게 기억나는 몇 가지만으로도 우리가 얼마나 흥이 많은 민족인지 단박에 알 수 있다. 2002년 월드컵 때 분출된 붉은악마의 용솟음치는 기상과 엇박자박수와 응원구호 "대~한민국"을 상기해보라. 전 세계 대중음악을 선도하는 K팝의 위력을 떠올려보라. 전후 반세기 만에 선진국과 어깨를 나란히 하는 놀라운 경제성장을 기억하라. 국가가 위기에 처했을 때 분연히 일어나 촛불을 들었던 1,700만의 촛불정신을 되살려보라. '한'의 민족이라는 말로는 도저히 설명하기 힘든 일이다.

흥의 민족, 그게 바로 우리 민족의 저력이자 힘이다. '프랙탈'한 자연경관을 통해 배태된 우리 고유의 민족정기를 되새길 일이다. 평창 동계올림픽은 스포츠제전을 넘어 우리 민족의 흥과 멋과 평화에의 열망을 만천하에 알리는 일이다. 올림픽 이후 우리는 다시금 흥겨움의 기적을 이루어나갈 것이다.

대통령의 '혼밥'

스티븐 스필버그 감독의 2013년 작 〈링컨〉은 단순한 위인전기 영화가 아니다. 그보다는 미국 민주주의 역사의 속살을 보여주는 정치 교과서에 가깝다. 노예제 폐지를 기치로 대통령에 당선된 링컨에게 협상을 통한 종전은 곧 노예해방선언의 의미가 퇴색됨을 의미했다. 종전 전에 어떻게든 노예제 폐지를 명문화할 수정헌법 13조를 통과시켜야 했다. 그러나 공화당(링컨은 공화당 출신 대통령이었다)의 모든 표를 합쳐도 13조 가결은 불가능한 현실이다. 야당인 민주당에서 20표를 가져와야 한다.

우리가 알고 있던 링컨은 원칙주의자였다. 그러나 영화는 링컨의 마키아벨리적 면모에 초점을 맞춘다. 수정헌법 가결을 위한 그의 전략은 다분히 정치공학적이며 정략적이다. 낙선을 우려하는 민주당 의원들에게 접근해 정부의 일자리를 미끼로 표를 공략한다. 위인전에서는 확인할 길이 없었던 링컨의 진면목이다.

내 눈길을 끌었던 대목은 따로 있다. 링컨의 해박한 인문학적 지식과 그에 바탕한 설득력 있는 연설, 즉 유려한 수사학적 능력이다. 참모들조차 혀를 내두를 만큼 그의 수사적 능력은 장황하고 또 엉뚱한 비유로 점철돼 있다. 그러나 듣고 나면 예외 없이 감화된다. 그게 곧 인문학의 힘이며 링컨의 비기이다.

특히, 급진파 스티븐스(타미 리 존스 분)를 다루는 대목이 압권이다. 예의 탁월한 비유로 상대의 주장을 압도한다. 그의 말을 들어보자. "측량할 때 배운 건데 나침반은 우리가 서 있는 곳에서 정북쪽을 가리킵니다. 하지만 여정 중 만나게 될 늪이나 사막, 구멍 같은 건 가르쳐주지 않습니다. 목적지를 향해 정신 없이 장애물을 신경 쓰지도 않고 가다가 늪에 빠지고 만다면 북쪽이 어딘지 알아서 뭐 하겠소?"

목적지향적 삶을 사는 건 성취동기 유발을 위해 매우 중요한 일이다. 그러나 그 목적을 이루기 위한 수단을 확보하거나 걸림돌을 돌파할 능력을 갖추는 것도 목적을 추구하는 것 못지않게 중요하다. 그러지 못한다면 맹목적 목적지향은 곧 이상주의가 되고 만다. 목적을 이루려면 목적 그 자체에만 주목해선 안 된다. 주어진 현실을 직시해야 한다. 일핏 지나친 현실주의 혹은 타협으로 비칠지 모른다. 목적을 잃는다면 그럴 것이다. 그러나 목적을 이루기 위해 현실에 주목하는 건 현명한 일이다. 링컨의 나침반 비유가 갖는 함의가 그것이다.

문재인 대통령의 '혼밥'이 화제다. 최근 모 신문과 인터뷰한 문희상 전 국회의장이 2년여 전 문재인 대통령에게 "혼밥하시느냐"고 물었던 얘기를 꺼내면서 다시 대통령의 혼밥 논란이 야기됐다. 문 전 의장은 인터뷰에서 "혼밥 발언 때문인지 그 이후로 한 번도 안 부르시더라"고 했다. 말 한마디 잘못했다가 명색이 국회의장이 2년여 동안 청와대에 발을 들이지 못했던 셈이다.

문 대통령의 혼밥 논란이 처음은 아니다. 정상외교를 위해 중국을 방문했을 때도 시중 음식점에서 조촐한 식사를 하는 장면이 목격됐고, G20 때는 대통령이 공식 회의 참석을 거의 하지 않았다는 소문이 떠돌기도 했다. 물론 소탈한 이미지를 위한 심모원려일 수도 있겠다. 그러나 정상외교의 중요성이라든지, 정치적 갈등 해소를 위해 분투하는 대통령의 모습과는 다소 거리가 있어 보인다. 정치인에게 식사는 세상과 소통하고 반대파를 설득하는 자리다. 싫어도 다양한 사람을 만나야 하는 것이 정치인 대통령의 숙명이다. 심지어 대통령은 껄끄러운 상대와도 밥을 먹어야 한다. 고 김대중 전 대통령의 곰탕 정치, 고 김영삼 전 대통령의 칼국수 정치가 그리운 이유다.

선한 품성을 가졌다고 해서 저절로 선한 결과를 얻는 건 아니다. 선한 품성과 의도를 떠받칠 실력을 길러야 하고 현실적 난관을 뚫어낼 의지도 있어야 한다. 그래야 비로소 선한 결과에 이를 수 있다. 대통령에게 선한 의도란 국정 운영에 효율을 높여 국민의 삶을 안정시키는 일이다. 그러기 위해 대통령은 때로 정적 혹은 야당 인사와 허심탄회하게 소통해야 한다. 분위기를 부드럽게 하는 데는 함께 밥 먹는 것 이상 좋은 방법이 없다. 남은 임기 1년, 문재인 대통령의 식사 정치를 기대해본다.

주사와 사무관

집권 3년 차를 맞은 문재인 정부가 전·현직 6급 주사와 5급 사무관의 항명과 폭로, 부적절한 행동으로 인해 골머리를 앓고 있다. 가뜩이나 대통령의 지지율 하락을 고민하는 와중에 임종석 비서실장과 조국 민정수석이 세밑에 국회운영위원회에 불려 나왔던 것도 6급 공무원의 연이은 폭로 때문이었다.

앞서 거론한 6급 공무원은 그 이름도 무시무시한 청와대 특별감찰반원이었다. 연초 잇따른 폭로에 나섰던 전직 5급 공무원 역시 중앙부처 중에서도 핵심인 기획재정부에서 일했던 사람이었다. 그보다 더 화끈한 5급 공무원도 있다. 최근 모 신문 보도에 따르면 작년 9월 청와대 행정관(5급)이 4성 장군인 육군참모총장을 카페로 불러내 장성 인사와 관련한 자료를 취득한 뒤 돌아가다 분실했다고 한다. 육군참모총장은 국방부장관의 지휘를 받긴 하지만 장관급 공무원이며, 50만 육군을 통솔하는 자리이다. 그런 사람이 5급 사무관의 부름을 받고 나가서 이런저런 보고를 했다는 게 도무지 믿기지 않는다. 세 사람은 공히 직급을 초월한 막강한 힘과 권력, 정보를 가진 공무원이었다.

9급에서 출발한 지방공무원이 6급이 되는 데는 빨라야 20년 이상 걸린다. 지금은 주무관으로 변경했지만 과거 6급의 직급명은 '주사'였다. 주사의 파워는 실로 막강하다. 지방은 물론 중앙부처의 실무를 장악한 게 주사이며, 더러는 예산을 쥐고 있어 차관급에 해당하는 산하단체의 장들도 예산을 받기 위해 주사 앞에서 머리를 조아리기 일쑤였다. 주사와 차관은 동급이라는 말이 나올 법하고, 실제 광역지자체에서 주사의 다른 이름은 '차관'(기초지자체의 7급은 차석)이다.

공직사회에 회자되는 말 중에 "기초지자체는 7급(주사보)이 일을 하고, 광역은 6급(주사), 중앙부처에선 5급(사무관)이 일을 한다"는 얘기가 있다. 여기서 일이란 응당 실무를 말하며, 다양한 업무의 최초 기안자라는 뜻이기도 하다. 공직사회가 원활하게 돌아가려면 장·차관이나 고위 공무원이 아니라 주사보와 주사, 사무관이 움직여야 하는 이유가 그것이다.

5급, 즉 사무관의 역할은 주사를 능가한다. 기초지자체에선 과장이나 동장 혹은 면장의 직급에 해당되며, 광역지자체에선 팀장, 중앙부처에선 실무 기안자 역할을 한다. 간단하게 말해서 사무관은 한 마을 혹은 한 부서의 책임자이면서 중앙부처의 실무를 책임진다. 그 자리에 오르기는 쉽지 않다. 행정고시 등 고시를 뚫었거나 공직 30년은 해야 달 수 있는 직급이다. 특히 인사적체가 심한 기초지자체에선 극히 일부만 사무관을 달 수 있다. 그래서다. 사무관은 군으로 치면 별을 단 것이며, 경찰로 치면 경정(일선 경찰서의 과장급)을 다는 것이다. 가문의 영광으로 삼을 만하고, 사후 제사 때 지방의 글귀부터가 '학생'에서 '관'으로 바뀐다.

대통령 한 사람 바뀌었다고 권력이 이동됐다고 보는 건 매우 어리석은 일이다. 정권이 바뀌어도 관료권력과 언론권력은 여전히 그대로다. 과거 김대중 정부와 노무현 정부가 국정개혁에 애를 먹은 이유가 그것이었다. 청와대 비서실을 개편하고, 장차관을 바꿔봐야 일선 공직사회를 장악하지 못하면 개혁은 물 건너가기 일쑤다. 경제부총리가 부동산 정책을 발표해도 일선에서 그 정책을 집행하지 않으니 부동산 대란은 그칠 줄을 몰랐고, 산하기관을 개혁하라고 이사장이나 감사 자리를 만들어주면 조직에 적응 못 하고 겉돌다가 고작해야 6개월이나 1년 내에 그만두는 사례가 빈번했다.

전북 완주로 옮긴 지방자치 인재개발원(옛 지방행정연수원)에서 전국 지자체의 사무관 승진예정자를 대상으로 인문소양 강의를 하고 있다. 강의를 듣는 300~400명의 공직자 중에서 졸거나 딴전을 피우는 이는 찾기 힘들다. 하나같이 초롱초롱한 눈으로 강의를 듣는다. 그 눈빛에는 자부심과 긍지가 배어 있다. 두말할 것도 없이 사무관의 위용이다. 강의 때마다 빼놓지 않고 당부한다. "공부하는 공무원이 되십시오, 시대의 변화를 수용하는 열린 행정을 펼치십시오, 무엇보다 권위적인 관료라는 말을 듣지 않는 겸손한 공무원이 되십시오."

관료권력은 천년권력이라고 한다. 통일신라 이후 계속돼온 권력이라는 뜻이다. 그중에서도 핵심은 6급, 5급 등의 중위 공무원이다. 그들이 변해야 나라가 변한다. 문재인 정부의 성패 역시 그에 달렸다.

'백벤처'와 다선 심판론

바야흐로 정치의 계절이다. 21대 총선을 90여 일 앞두고 언론과 지역 정가가 들썩인다. 예비후보들이 일제히 선거운동에 나서면서 거리의 풍경도 달라졌다. 목 좋은 곳에 위치한 건물엔 대형현수막이 걸리고, 후보들은 연일 거리를 누빈다. 발 없는 말이 천리를 달리고, 저마다의 손가락놀림이 천리마보다 빠른 속도로 사회관계망서비스를 뒤덮는다.

지난해 말 경기시민사회단체협의회 주최로 20대 국회 평가와 21대 총선 전망 토론회에 참석했다. 외부 전문가로 초청되었으나 내가 왜 초청되었는지는 나도 모르고, 주최 측도 모르고, 참석자들도 잘 모르겠다는 표정이었다. 아무려나 부름을 받았으니 밥값은 해야겠기에 몇 마디 거들었다. 주된 논의는 21대 총선 전망과 시민사회의 활동방향을 정하는 것이었다. 다양한 의견이 나왔는데 그중 기꺼이 동의를 표한 의견은 두 가지다. 하나는 거대정당의 전횡을 막기 위해 군소정당의 원내 진출을 적극 견인해야 한다는 것, 다른 하나는 이참에 다선의원들을 재평가해야 한다는 것이었다.

나의 관심은 온통 '다선 심판론'에 쏠렸다. 20대 국회의 3선 이상 다선의원은 무려 94명이나 된다. 특히 서울경기 등 수도권에 다수가 포진해 있는데, 자의반타의반 불출마 의사를 밝힌 10여 명을 제외하고 나면 대부분 21대 총선에 나설 전망이다.

참고로, 역대 최다선 기록은 9선으로 김영삼 전 대통령과 김종필 전 국무총리, 박준규 전 국회의장만이 그 반열에 올랐다. 현역 최다선은 8선의 서청원 의원이고, 7선의 이해찬 의원이 뒤를 잇는다. 좀 더 살펴보자. 역대 8선에 오른 이는 정일형 전 의원, 이만섭 전 국회의장, 김재광 전 국회부의장 등이 있다. 역대 7선의 관록을 보여준 이는 김재순, 신상우, 오세응, 유진산, 이기택, 이병희, 이재형, 이철승, 정해영, 조순형, 황낙주, 정몽준 전 의원 등이다.

현역으로 눈을 돌려보자. 앞서 얘기했듯 8선과 7선은 각각 1명씩이고, 6선은 문희상 현 국회의장과 정세균 국무총리를 비롯해 5명이다. 5선과 4선의 중진은 특히 수도권에 집중돼 있다. 정병국, 원혜영, 이종걸, 원유철, 심재철이 5선이며, 홍문종, 안

민석, 송영길, 김진표 등 4선 의원은 무려 33명이나 된다.

2015년에 출간된 『보좌의 정치학』에는 국회의원의 선수별 역할론이 나온다. 국회 본회의장인 로텐더홀에서 화장실이 어디냐고 묻는 사람이 초선이다. 그만큼 국회를 모른다는 얘기다. 재선은 각 상임위의 간사 역할을 할 정도의 역량을 갖춰야 제격이다. 3선은 상임위원장이나 각 당의 원내대표로 나설 만큼의 정치적 비중을 갖는다. 4선 이상은 당대표급이며 정치지도자의 위상을 갖는다.

현실의 의원들은 과연 자신의 선수에 맞는 정치적 역량과 정치력을 갖추고 있을까? 내 보기엔 '아니올씨다'다. '수도권 내리 4선'을 자부하는 모 의원은 정치지도자이기는커녕 연신 음모론 살포에 여념이 없다. 역시 수도권 5선의 모 의원은 '막말러'의 오명을 뒤집어쓰고 있다. 사회관계망서비스를 통해 정제되지 않은 말을 쏟아내면서다. 그 외 대부분의 다선들 역시 선수의 권위에 안주하기만 할 뿐 불성실한 의정활동과 의뭉스러운 정치행보를 거듭하기가 다반사다.

의회정치의 역사가 깊은 영국과 미국의 의회용어 중에 'backbencher'라는 말이 있다. 초선의원을 가리키는 말이다. 초선의원은 의사당의 뒷자리에 앉는다. 의사당의 맨 앞줄, 즉 상대당과 논쟁을 벌여야 하는 자리엔 다선 의원이 앉는다. 초선

의원은 다선의원들의 경험과 연륜에서 나오는 치열한 정책대결과 논쟁, 왕성한 의정활동을 보고 배우며 점차 앞자리로 나아간다.

우리 국회의 자리배치는 영국과 정반대다. 의장석과 연단을 기준으로 중진들은 뒷자리, 초선들은 앞자리에 앉는다. 앞자리에 앉은 초선들은 연단에 선 총리나 장관에게 야유를 보내고 고성을 지르며 시비를 건다. 동료의원의 발언 때도 마찬가지다. 뒷자리의 중진들은 그걸 독려하며 즐긴다. 국회의사당이 수시로 난장판으로 돌변하는 이유 중 하나다.

세상은 빛의 속도로 변하고 있다. 와중에 국회는 변화를 거부하며 구태를 답습할 뿐이다. 로텐더홀에 가서 화장실을 묻는 초선이 뭘 알겠는가. 저질 국회의 책임은 대부분 다선들에게 있다. 지방자치단체장의 임기는 3선까지로 묶어둔 채 국회의원 자신들의 선수는 무한대로 늘릴 수 있도록 해놓은 것도 어이없다. 선거는 정치와 정치인에 대한 국민의 심판이다. 노회한 다선 의원을 심판하는 것이야말로 21대 총선의 주된 이슈가 되어야 한다.

상상할 수 없다면 창조할 수 없다

이 세상에서 합격하기 가장 어려운 시험은 수재 중의 수재들만 본다는 미국의 외교관 시험이다. 세계를 무대로 활약(?)한다는 사명감과 자부심으로 똘똘 뭉친 데다, 그에 필적하는 어학능력과 인문·사회·과학·예술 등 광범위한 소양을 요하기 때문이다.

『한 권으로 읽는 브리태니커』에 나오는 얘기다. 책에는 그 어렵다는 시험에 합격하고도 수석이 아니라는 이유로 이듬해 다시 응시해 결국 수석으로 합격한 괴짜 얘기가 나온다. 저자인 A. J. 제이콥스의 여동생 남자친구가 그 주인공이다. 저자가 브리태니커 사전의 A에서 Z까지를 완독하겠다고 결심한 건 순전히 그 친구에 대한 지적 열등감 때문이었다. 어쨌거나, 몇 년을 씨름한 끝에 쓴 책이 『한 권으로 읽는 브리태니커』다.

세상에는 정말 머리 좋은 사람이 많다. 여덟 가지 다른 언어를 자유롭게 구사하는 사람이 있는가 하면, 벽면 가득 복잡한 수식을 막힘없이 써내려가는 사람도 있다. 영화 〈카드로 만든 집〉에는 여섯 자리 이상의 숫자 중에서 소수만을 가려내는 능력을 가진 꼬마가 등장한다. 서번트증후군을 가진 아이다. 그들의 세계에 범인은 범접할 수 없다.

그럼에도 불구하고 사람은 기계의 계산 속도나 기억력을 따라가지 못한다. 세기의 프로기사 이세돌이나 커제가 인공지능을 탑재한 '알파고'에게 연패한 건 어쩌면 당연한 일이다. 인간의 직관은 완벽하지 않다. 하물며 엄청난 계산능력에 더해 기계학습과 딥러닝을 통해 인간의 직관마저 꿰뚫는 초인공지능이 탄생한다면 우리로선 당해낼 재간이 없다.

딥러닝의 핵심은 뇌신경망의 인지적 학습법을 그대로 차용한 알고리즘이다. 1950년에 컴퓨터의 아버지라 불리는 수학자 존 폰 노이먼은 '기술적 특이점'을 예견했다. 이는 인간이 만든 기계들이 인간보다 훨씬 똑똑해져서 초인간적 지능을 갖게 되는 시점을 말한다. 미래학자 레이 커즈와일은 이 시기를 2045년으로 예측했다.

인공지능 자체가 본질적으로 악하다고 볼 수는 없지만 그들 스스로의 생존활로를 위해 어떠한 일도 감행할 수 있다. 그러지 말란 법이 없고, 그게 또한 인간에 의해 무의식적으로 학습된

인공지능의 본성이 될 수 있다. 존 폰 노이만의 예측에 대한 학자들의 의견은 분분하지만 분명한 사실은 인공지능 기술이 어느덧 범용인공지능을 넘어 초인공지능의 단계로 이어지고 있다는 점이다.

그래서다. 이제 중요한 건 인간 자신이 얼마나 똑똑해지는가가 아니다. 인간의 지능에는 한계가 있으며 또한, 인간의 가치는 지능만으로 평가할 수 없다. 지능에 우선하는 인간의 능력은 따로 있다. 그것이 바로 상상력이다. 기계는 계산하지만 인간은 상상한다. 인간은 예술을 향유하지만 기계는 일만 한다. 알파고에게는 바둑도 일이고, 말하는 것, 걷는 것 등 모든 행위가 일이다. 기계에게 예술적 상상은 어림없는 일이다.

"상상할 수 없다면 창조할 수 없다." 화가 폴 호건Paul Horgan의 말이다. "음악가라면 라파엘로의 그림을 연구해야 하며, 화가라면 모차르트의 교향곡을 공부해야 한다. 화가는 시를 그림으로 바꾸고 음악가는 그림에 음악성을 부여한다." 로베르트 슈만의 말이다. 『생각의 탄생』에 나오는 생각들이다. 오로지 예술만이 인간의 고유영역으로 남을지 모른다. 예술은 상상력이다. 상상력은 분야를 막론하고 감각을 교류하고, 공유한다. 예술, 즉 상상력만이 인간의 최후 보루다.

『인공지능의 시대, 인간을 다시 묻다』에서 저자 김재인은

"결국 우리는 인공지능이 뺏을 수 없는 일, 인공지능이 할 수 없는 일을 해야만 할 것"이라고 주장한다. 그것은 다름 아닌 '창작활동'이다. 창작활동의 요체가 바로 상상력이다. 모두가 예술가가 되라는 말이 아니다. 창작이 학습의 핵심 활동으로 여겨지고, 각 개인이 창작자가 되어보고 메이커가 되어보는 경험이 최대한 많아야 한다는 주장이다. 추상적이고 막연하게 보일 수도 있겠지만, 당장 교육 과정에서 그런 과제를 던져주지 않으면 머지않아 우리 아이들이 인공지능과 경쟁한 끝에 할 일을 빼앗기고 말 것이다.

래디칼하되 익스트림하지 않게

"바캉스 오케이?" 베트남의 하노이 노이바이 공항에 마중 나온 기사가 차에 오르자마자 건넨 말이다. 발음은 엉성했지만 '바캉스'라는 말은 선명하게 귀에 들어왔다. 그래, 바로 그렇다고 대답하려 하는데 딸아이가 만류했다. "아빠, '박항서'라고 말한 것 같은데……."

베트남, 초행이지만 낯설지 않았다. 1960, 70년대 서울의 변두리 풍경과 닮았고, 사람들의 표정도 정겨웠다. 도로는 오토바이와 자동차, 자전거가 무시로 뒤엉켰고, 인도에 닥지닥지 붙어 앉은 행상들의 추레함이 인상적이었다. '무질서 속의 질서'가 신기하기만 했다. 살짝 괴로웠던 건 냄새였다. 도로가에 아무렇게나 널브러진 쓰레기의 악취와 그 위를 파고드는 고양이와 개, 그 옆에서 쪼그려 앉아 '분짜'를 먹고 있는 사람들의 모습은 가난의 표상처럼 보였다.

문득 베트남전쟁이 떠올랐다. 이리도 작고 나약해 보이는 사람들이 덩치 큰 나라들, 그중에서도 세계 최강 미국에 맞서 승리를 거두고 통일을 이루었다니. 전쟁을 생각하다 보니, 아연 하노이 거리의 풍경이 달리 보이기 시작했다. 저들의 저 너저분하고 초라한 모습 속에 숨어 있는 단단하고도 알찬 그것은 대체 무엇일까?

아베의 경제보복과 그에 편승한 도발이 기승이다. 급기야 일본 내각회의는 우리나라를 화이트리스트에서 제외했다. 그에 맞서고 항의하는 건 우리로선 지극히 당연하고 정상적인 반응이다. 문재인 대통령은 전례 없이 강한 어조로 결전의 의지를 표방했다. 이쯤 국민으로서 가만히 있을 수 없다. 성난 민심은 일본제품 불매운동으로 맞서고, 기업은 기업대로 대책 마련에 분주하다.

신중론과 양비론을 펴는 이들이 있다. 일본의 저의를 잘 분석해서 전략적으로 대응해야지 감정싸움에 휩싸여선 안 된다는 신중론으로 시작해서, 사태가 이 지경이 되도록 문재인 정부는 뭘 하고 있었느냐고 따진다. 제 딴엔 그럴싸하게 들린다. 그러나 지금은 그런 흰소리나 하고 있을 때가 아니다. 그네들 의식의 기저에 깔린 식민사관과 사대의식의 악취가 스멀스멀 기어

오르는 느낌이다.

내부 비판이 무조건 나쁘기만 한 건 아니다. 다만 그것이 설득력을 가지려면 전제가 필요하다. 첫째는 대안의 제시이고, 둘째는 시기와 상황의 부합이다. 지금은 내부 비판을 하고 있을 때가 아니다. 전쟁이 난 마당에 참전은커녕 아군을 향해 총질을 하고 있는 꼴이다. 모 신문에선 불매운동은 해법이 아니라는 주장을 편다. 물론 불매운동이 근원적인 해법일 리 없다. 그러나 인생에 해결책이란 없다. 다만 추진력이 있을 뿐이다. 우선 추진력을 창출해야 하고, 그럼 해결책은 뒤이어 따라온다.

이즈음 필요한 건 단결이다. 단결하되 사태를 냉정하게 바라봐야 한다. '래디칼하되 익스트림하지 않게'를 외쳤던 재독동포 어수갑의 말이 새삼 귀하다. 그의 말을 더 들어보자. "이제 우리는 좀 더 차분하게 근원을 생각해보아야 합니다. 다시 말해 라디칼$_{radikal}$해져야 한다는 것입니다. 사물의 뿌리인 본성$_{Natur}$ $_{der~Sache}$은 덮어둔 채 두루뭉술하게, 은근슬쩍, 대충대충, 이해타산과 정리정략이 판을 치는 세상에서 근원을 따진다는 것 자체가 '반시대적'인지도 모르겠습니다. 그러나 주의할 게 있습니다. 라디칼하되 결코 엑스트렘$_{extrem}$하지는 말아야 합니다. 극단적인 것만큼 위험한 것은 없습니다." 어수갑의 『베를린에서: 18년 동안 부치지 못한 편지』의 한 대목이다.

다시 베트남전을 생각해본다. 서구 열강을 몰아내고, 최강국 미국마저 줄행랑을 치게 했던 베트남의 힘은 무엇인가. 경제력이었나, 최신 무기로 무장한 군사력이었나? 아니다. 경제력도 군사력도 아니었다. 한 사람 한 사람의 의지가 한데 모여 거대한 힘을 만들었다. 미군의 가공할 화력에 맞선 베트남군의 무기는 고작해야 푼지 스틱(죽창 함정)과 뱀 구덩이, 대나무 채찍, 깡통 수류탄 등이었다. 그러나 그들의 진정한 무기는 따로 있었다. 총화된 통일 의지와 단결의 힘이었다.

불매운동이 일본의 경제침략을 막아낼 근원적인 해법일 리만무하다. 일본여행 안 간다고 해결될 일도 아니다. 그러나 그러한 작은 의지들이 모여 일본이라는 거대한 댐에 균열을 일으킨다. 그게 곧 베트남에서 보고 느끼는 단결의 힘이다. 격렬하게 싸우되 극단으로 흐르지만 않으면 우리가 이긴다.

다시, 인문주의를 생각함

"세상이 이리도 미쳐 돌아가는데 인문학이 무슨 소용이랍니까. 다 부질없는 일 같아요. 인문정신과 인문소양 외치던 사람들의 언변을 좀 들어보세요. 그들이 과연 인문학을 공부했거나 들먹였던 사람이 맞는지 눈과 귀가 의심스러울 뿐이에요."

인문독서공동체 책고집을 찾은 지인의 장탄식이다. 뭐라 대답하기 힘들었다. 변명이라도 늘어놓고 싶었지만 그만두었다. 그의 일그러진 표정을 보는 순간 변명해봐야 공연히 헛힘만 쓰는 꼴이 될 것 같았다. 그러고 보니 대한민국의 21세기는 500년 종교개혁이 일어나던 당시의 서구사회와 닮았다.

당시의 서구사회의 모습을 일별해보자. 가톨릭교회의 부패와 폐단이 절정으로 치닫자 격변의 기운이 움트기 시작했다. 흐름은 크게 두 가지 갈래였다. 하나는 그리스도교 인문주의로의 회귀를 꿈꾸는 것이었고, 다른 하나는 종교개혁이었다. 인문주의는 그리스도교의 근원으로 돌아가자는 운동이었다. 일단의 인문주의자들은 지나치게 논리적인 중세 가톨릭교회의 스콜라 철학에 가려 있던 그리스도교의 철학을 찾아냈다. 그것은 의식과 도그마dogma의 그리스도교가 아니라 사랑과 평화와 도덕의 그리스도교였다. 에라스뮈스가 주도한 인문주의 개혁노선이었다.

종교개혁은 그러한 그리스도교 인문주의에서 탄생했다. 그러나 종교개혁은 인문주의의 기대를 저버리고 새로운 도그마가 되었다. 루터는 가톨릭교회에 저항하면서 양심과 자유를 외쳤으나, 근본적으로 관용론자가 아니었다. 그가 만든 프로테스탄트 교회 역시 가톨릭교회와 마찬가지로 불관용으로 치달았다. 서구 관용의 역사는 종교개혁과 인문주의와 함께 시작되지만, 두 힘의 성격과 방향은 달랐다. 종교개혁은 불관용적이었던 반면, 인문주의는 관용적이었다. 처음에는 종교개혁이 승리를 거두었으나, 최종적으로는 인문주의가 승리를 거둔다.

어지러운 세상일수록 사람들의 눈과 귀를 압도하는 것은 보다 선명한 주장과 강력한 구호다. 멀리 16세기까지 갈 것도 없이 독일의 나치와 이탈리아의 파시즘 정권에서 그 같은 현상을 읽을 수 있다. 권력이 제도를 뒤로하고 대중과 직접 소통하려

할 때 어떤 일이 벌어지는지를 적나라하게 보여주었다. 강한 것은 언뜻 승리한다. 그러나 최종적인 승리는 유연한 것의 몫이다. 날선 구호는 대중을 환호하게 하지만 한편으론 대중의 의식을 좀먹는다.

관용은 종교개혁의 여파로 빚어진 종교전쟁을 극복하는 과정에서 인문주의에 의해 꽃을 피웠다. 에라스뮈스의 후예들, 이를테면 프랑스 모럴리스트의 전통을 세운 몽테뉴의 중재가 없었더라면 신-구교 사이의 화해를 정초한 낭트칙령은 나오지 못했을 것이다. 에라스뮈스의 인문주의와 프랑스 모럴리스트의 전통은 이후 스피노자, 로크, 벨, 몽테스키외, 볼테르, 루소로 이어지며 갈등과 반목의 역사를 극복하고 새로운 근대 기획의 사상적 모태가 되었다. 김응종의 『관용의 역사』와 그가 번역한 벤자민 카플란의 『유럽은 어떻게 관용사회가 되었나』의 논의를 차용해봤다.

'조국 사태'에서 비롯됐던 정치권의 갈등과 반목은 급기야 국민의 마음까지 두 동강을 내고 말았다. 혹자는 대의민주주의에 실망한 대중이 광장으로 나와 직접민주주의를 실현하는 것이라고 논평했다. 다른 이는 중우정치의 전형이라고 말했다. 내 보기엔 직접민주주의니 중우정치니 하는 말은 둘 다 사태의 본질과는 거리가 멀어 보인다. 주장은 양분됐지만 둘은 본질적으로 다르지 않다. 본질은 낡은 것을 교체해야 할 시기가 도래했음이다.

갈등葛藤은 줄기가 덩굴이 되는 전요식물인 칡나무와 등나무가 서로 먼저 치고나가려다 부딪치는 데서 유래했다. 낡은 것을 대하는 시각과 인식의 차이 역시 갈등을 낳는다. 한쪽에선 집권세력의 낡은 도덕적 관념을 먼저 바꿔야 한다고 주장한다. 다른 한쪽에선 검찰개혁이 우선이라는 주장이다. 문제는 그 같은 주장을 내놓는 방식의 폭력성이다. 양쪽 공히 비타협적이고 불관용적이었다. 종교개혁이 기존 교회의 도그마를 그대로 계승했듯이 검찰개혁을 부르대는 쪽 역시 현실의 도그마를 그대로 재현하고 있다. 반대쪽 역시 자신들의 도덕적 결함은 망각한 채 현 정권의 도덕적 도그마를 들추기에 혈안이다.

관용은 저절로 획득된 개념이 아니다. 인문주의의 기나긴 노력 끝에 계속 변화했고 또 인권의 문제로 발전했다. 16세기에서 출발해 계몽과 근대의 시대를 넘어 현대 서구사상의 전통으로 굳어진 관용은 이제 더는 철학적 개념에 머물지 않는다. 벤자민 카플란의 말마따나 이제는 관용의 실천이 필요한 때다.

인문독서공동체 '책고집'의 실험과 도전

방송인 김제동의 고액 강사비가 논란이 됐다. 기사를 접한 사람들은 적잖이 충격을 받은 듯하다. 사실 그리 놀랄 일이 아니다. 이미 강의업계엔 파다하게 소문난 일이다. 최근 몇 년 사이 한 회에 500만 원 이상 고액의 강사비를 받는 이들의 명단이 돌아다녔다. 김제동을 비롯해서 설민석, 혜민, 이동진, 김창옥, 김미경 등등.

그와는 정반대의 일이 벌어지는 곳도 있다. 책고집이다. 정신과 전문의 정혜신과 문학평론가 신형철 교수, 기생충박사 서민 교수, 한신대 이해영 교수, 성공회대 조효제 교수, 작가 은유 등은 위에서 거론한 고액강사들에 비해 결코 뒤질 게 없는 분들이다. 그러나 그분들은 앞서 언급한 강사비의 50분의 1을 받고도 기꺼이 강의한다. 더러 받지 않기도 한다. 이유는 하나, 책고집의 취지에 공감하기 때문이다.

지난 연말 수원 장안문 근처에 '인문독서공동체 책고집'의 둥지를 꾸렸다. 그리고 지금껏 줄기차게 인문강좌를 진행하고 있다. 둥지는 계속해서 변모했고 책고집 인문강좌는 나날이 화제를 낳고 있다. 전국의 지자체에 무료 강연이 넘쳐나는 때에 유료 강연으로 꿋꿋하게 버틴다. 책고집엔 뭐가 있나, 대체 책고집 강연의 차별성은 무엇인가?

책고집 인문강좌는 크게 두 가지 특성을 갖는다. 하나는 실험성이고 다른 하나는 차별성이다. 책고집 강연은 결코 어느 한쪽으로 치우치지 않는다. 강연에 참여한 강사는 보수와 진보는 물론이고, 기성과 신인, 유명인과 청년을 아우른다. 분야도 다양하다. 사회과학과 자연과학의 경계를 허무는 한편, 사회적 이슈를 적극 수용한다. 인권과 환경, 노동과 평화, 미디어와 사회적 담론이 강의 주제로 올라온다. 사람들은 이 대목에서 다시 놀라움을 표한다. 일개 작은도서관에서 어떻게 저런 강사진을 구성할 수 있을까? 그런 의문은 자연스럽게 두 번째 특성, 즉 차별성에 대한 관심으로 이어진다.

책고집은 여타의 작은도서관과 다르다. 비단 공간이나 장서의 수, 강연 횟수를 말하는 게 아니다. 책고집의 차별성은 필자의 이력과 신념, 그리고 회원들의 선한 의지에 기반한다. 필자에겐 오래전부터 '거리의 인문학자'라는 별명이 붙어 있다. 최 대표는 15년 전 서울역 주변의 노숙인들과 인문학으로 만나기 시작했다. 이후 미혼모와 교도소 수형인, 어르신, 지역자활에 참여한 저소득 주민 등과도 줄기차게 만나왔다. 책고집 강연에 참여하는 분들은 강사든 수강생이든 필자의 활동과 신념에 기꺼이 동의와 지지, 공감을 표한다. 그래서 책고집엔 늘 사람이 꼬인다.

지금 책고집은 인문강좌 시즌3 '시민이란 무엇인가?'를 진행 중이다. 7월부터는 시즌4 '자연과 인문의 만남'을 진행한다. 특히 시즌4에서는 무보수 인턴을 자원한 미국의 조지타운대 최영은 교수가 합류해 청소년을 위한 과학교실을 운영한다. 하버드대에서 석·박사 과정을 마친 최 교수는 필자와 SNS로 인연을 맺은 뒤 자연스럽게 책고집의 회원이 되었고, 이후 줄곧 책고집 인문강좌에 관심을 표해왔다. 그리고 마침내 직접 참여하기 위해 여름방학 3개월을 오롯이 책고집에서 보내기로 했다. 최 교수가 진행하게 될 '청소년 과학교실'은 벌써부터 초등학교 고학년과 중·고등학생 자녀를 둔 회원들의 뜨거운 관심을 받고 있다. 같은 기간 동안 주중에는 내로라하는 과학저술가들의 강연이 이어진다.

책고집의 다양하고도 차별적인 실험은 계속된다. 1년 동안 지속가능성을 타진한 뒤 내년부터 본격적인 인문학 기반의 다양한 사업을 펼 것이다. 현재 책고집의 지속가능성을 염려하는 분들이 많다. 그도 그럴 것이 자본주의 사회에서 뜻과 의지만으로 되는 일은 없다. 자본이 필요하고 또 사람이 모여야 한다. 그를 위해 현재 다각적인 방안을 모색 중이다.

책고집의 지향은 뚜렷하다. 다양한 사람이 모여 인문독서공동체를 구축한 뒤, 우리 사회의 어두운 곳, 낮은 곳으로 향해 나아간다. 물론 매개는 인문학의 향기이다. 현재 회원들과 논의하고 있는 책고집의 방향성과 지향성은 두 가지다. 하나는 낮은 곳의 인문학, 즉 경제적 약자를 위한 인문강좌의 구조화다. 다른 하나는 어르신을 위한 인문학 강좌의 기획이다. 개인의 선의와 일회성 이벤트, 시혜적 강좌가 넘쳐난다. 책고집은 다른 길을 간다. 낮은 곳의 인문학, 어르신을 생각하는 인문학을 줄기차게 해낼 것이다. 소외계층 인문학의 구조화를 통해 우리 사회가 보다 따뜻하고 향기로운 사회로 나아가는 데 일조할 것이다.

대한민국에는 국가國歌가 없다

작은도서관 책고집에서 『안익태 케이스』의 저자 이해영의 강연을 들었다. 책이 그렇듯 강의 역시 충격이었다. 그중 특히 '에키타이 안_{Ekitai Ahn}'이 제국주의 일본이 세운 괴뢰정부 만주국의 건국기념음악회에서 지휘하는 공연 장면이 충격이었다. 그 장면은 '애국가'의 작곡가 안익태가 어떤 사람인지를 여실히 보여준다. 강연에서 여러 번 들려준 '만주국 축전곡'의 음률이 익숙하게 들렸다. 그 음률이 훗날 '코리아 판타지'라는 이름으로 재탄생하였고, 그게 바로 우리가 각종 행사에서 열심히 따라 부르는 애국가의 음률이다.

충격은 강의 내내 이어졌다. 제2차 세계대전 중 안익태가 독일에 거주할 수 있었던 건 독일의 스파이일 가능성이 높은 일본인 에하라 고이치의 도움 덕분이며, 따라서 '에키타이 안' 역시

나치 독일의 스파이였을 가능성이 크다는 주장이 그렇다.

여기까지 듣고 나면 스멀스멀 의문이 고개를 든다. 안익태가 친일인사였고, 더 나아가 친나치 인물이었다는 것과 대한민국 애국가의 작곡가라는 것에 어떤 상관관계가 있다는 것인가이다. 〈시사인〉 서평에서 장정일이 밝혔듯 자칫 그 둘을 엉성하게 연결시켰다가는 안익태는 친일, 친나치 인사이기 때문에 그가 작곡한 애국가에 문제가 있다는 식으로 들릴 수 있다.

그러나 이해영의 주장은 그리 단순하지 않다. 애국가의 작곡가가 반드시 애국자여야 한다는 주장도 아니다. 그보다 더 중요한 사실은 강의 초반에 반복적으로 들려주었듯이 애국가의 음률이 제국주의 일본을 찬양·선전하는 만주국 축전곡의 음률과 유사하다는 점, 다시 말해 미적 성취나 음악적 독창성, 민족정서와 거리가 멀다는 점에 있다.

『안익태 케이스』의 주된 내용은 크게 세 가지로 정리할 수 있다. 하나는 안익태가 실은 제국주의 일본과 그의 전시 동맹국 독일의 스파이였을 가능성이 있다는 점, 둘째는 그와 별개로 안익태가 작곡한 애국가에 음악적 독창성과 미적 성취, 민족정서가 담기지 않았다는 점, 셋째는 대한민국에는 국가國家 상징체계로서 법률로 정한 국가國歌가 존재하지 않으며 현재의 애국가는 단지 대통령령으로 지정한 것일 뿐이라는 점이다.

〈시사인〉에 게재한 장정일의 서평 「안익태는 애국자여야 했을까」는 오로지 책의 첫 번째 주장에 주목한 뒤, 그마저도 진의를 비틀어버린다. 이는 장정일이 책을 제대로 읽지도 않고 섣불리 서평했을 것이라는 의심을 불러온다. 그럼에도 심지어, 선행연구를 넘어서지 못했다는 비판을 가함으로써 스스로 서평의 신뢰를 무너뜨리고 만다.

장정일은 서평에서 "국가國歌는 '가사의 우월성이나 높은 미학적 수준'을 따지기보다 만든 이가 최소한 '애국적'이어야 한다"는 지은이의 주장은 수긍되지만 공모를 통해 국가를 새로 정하자는 제언과는 마찰을 일으킨다고 꼬집으며, "가사와 곡을 출품하는 시민은 먼저 '애국적인가, 아닌가'부터 심사받아야 하기 때문이다(그가 훗날 이민을 가도 큰일이다). 애국이라는 시민종교가 국가國歌를 반드시 필요로 하는 것이라면, 새 국가는 춤출 수 있으면 좋겠다"고 비아냥댄다.

오독의 혐의가 짙은 대목이다. 이해영은 책의 어느 부분에서도 장차 공모하게 될 국가의 작곡가는 애국자여야 한다고 말하지 않는다. 되레 그런 단순화를 경계하며 수년간 독일과 유럽을 돌며 에키타이 안의 흔적을 좇는다. 정작 그의 바람은 다른 데 있다. 일제강점기와 분단이라는 질곡 속에서 국가의 상징인 국가國歌를 갖지 못한 우리의 현실을 안타까워하며 이제라도 국가에 대한 사회적 논의가 필요하다고 말할 뿐이다.

"서평과 독자 사이에는 공적이고 사회적인 목적이 개입합니다. 서평은 해당 책에 대한 서평가의 해석과 평가를 독자에게 전달하고 나아가 설득하려 합니다. 내가 작성한 서평을 통해 그 책을 집어 들거나 그와 반대로 그 책을 멀리하도록 하는 것이 목적입니다. 독후감이 주관적이라면, 서평은 객관적입니다. 자신의 입장을 객관화하느냐의 여부에서 서평과 독후감으로 갈라집니다."

『서평 쓰는 법』의 저자 이원석은 서평과 독후감을 구분해야 한다고 말한다. 서평은 객관적이어야 한다. 장정일의 서평은 다분히 주관적이다. 따라서 〈시사인〉에 실린 그의 서평은 독후감에 불과하다.

블랙리스트, 그때나 지금이나 옳지 않다

박근혜 정권 때 나는 블랙리스트에 올라 있었다. 해마다 해오던 문체부 산하기관의 인문학 강연이 갑자기 중단됐고, 몇몇 지자체 강연은 아무런 설명도 없이 취소되기도 했다. 속수무책으로 당했지만 그 이유를 알 수 없었다. 아무도 설명해주지 않았다. 원인을 알게 된 것은 그로부터 한참 지난 뒤였다. 블랙리스트 명단에 내 이름이 들어 있었다. 생계형 인문학 강사에게 블랙리스트 낙인은 사회적 사형선고나 마찬가지였다. 참담했지만 도리 없는 일이었다. 할 수 있는 일이라곤 열심히 촛불집회에 참석하는 것뿐이었다. 마침내 촛불이 힘을 발휘했다. 정권이 바뀌었다. 이른바 '촛불정권'이다.

지난해 9월 수원시의 모 산하기관 직원들이 '책고집'으로 나를 찾아왔다. 연전에 했던 강연의 반응과 평가가 좋아서 한 번 더 강연에 모시고 싶다는 것이었다. 코로나19로 꽁꽁 얼어붙은 강연 시장을 생각하면 가뭄 끝의 단비처럼 반가운 제안이었다. 응당 하겠다고 했다. 일주일 뒤 같은 직원한테서 전화가 왔다. 이번 강연에는 모시기 힘들 것 같다는 통보였다. 황당했다. 직접 찾아와서 요청할 땐 언제고, 못 하게 됐다는 건 대체 무슨 말인가. 직원은 난처해하면서도 궁금해하는 내게 솔직한 얘기를 털어놨다. 상급 기관의 간부가 강사명단에 들어 있는 내 이름을 빼라고 지시했다는 것이었다.

불현듯 3년 전의 일이 떠올랐다. 지방선거를 앞두고 현직 시장과 당내 경선에서 맞서려는 친구를 도운 일이 있다. 현직 시장이라는 강자에 도전하는 상황인지라, 친구의 출마 메시지는 시장과 시정을 강하게 비판하는 것이었다. 그 일에 관여했고 그 일로 그때나 지금이나 시장에게 단단히 찍힌 인사가 되고 말았다. 이후 변화를 실감했다. 근 10년을 꾸준히 해오던 수원시의 공공도서관 인문강좌가 모두 끊겼다. 대학에서 공무원을 대상으로 하던 강좌에서 잘렸다. 쓸쓸했지만 누구를 탓하거나 원망할 일이 아니었다.

자업자득이려니 생각했다. 모종의 움직임이 있으려니 싶었지만, 심증일 뿐이니 어찌해볼 수 없는 일이었다. 그러나 지난 9월 산하단체 강의 취소 건은 성격이 완전히 다르다. 누구의 지시인지가 명백히 드러났다. 강의 배제의 사유 또한 제시하지 않았다. 심지어 자신의 지시를 외부에 알리지 말라는 당부까지 했다고 한다. 부당한 지시라는 걸 스스로 인지하고 있었다는 얘기다. 이건 좀 심각하게 봐야 할 사안이다. 전문성과 독립성을 갖춘 공공기관에서 객관적 평가근거에 기초해 선정한 강사를 부당한 압력을 넣어 배제한 사건이다. 명백한 직권남용이고, 블랙리스트 운용이다.

블랙리스트, 박근혜 정부 때나 있었던 역사의 유물인 줄 알았는데 그게 아니었다. 내겐 여전한 현실이다. 묻고 싶다. 이명박 근혜 정부 때와 지금은 대체 뭐가 다른 건가? 달라지긴 했다. 과거엔 중앙에서 하던 것을 지금은 지자체에서 한다. 그땐 은밀하게 하던 것을 지금은 아예 노골적으로 한다.

수원에서 인문독서공동체 '책고집'을 운영하고 있다. 정치권을 기웃대는 대신 '거리의 인문학자'로 인문독서공동체의 운영자로 살고 있다. 2020년, 코로나19로 많이 힘들었다. 그래도 꿋꿋하게 고집스럽게 버텨냈다. 1,500여 회원들의 지원과 참여, 응원과 격려가 큰 힘이었다. 그런데 그런 일을 당했다. 예약된 강연에서 아무런 이유도 없이 배제됐다.

찾아와 강의를 의뢰하고, 난데없이 취소 통보까지 해야 했던 직원의 고뇌를 생각하면 이런 글은 쓰지 않는 게 옳을 것이다.

그러나 가슴 저 밑바닥에서 끓어오르는 분노를 삭일 방법이 없다. 나만의 문제가 아닐 수도 있다. 다른 누군가에게도 이런 어처구니없는 일이 생기지 말란 법이 없다. 이 사실을 세상에 알리는 이유다.

알아보니 내 강의를 방해한 사람은 시장의 측근이다. 시장과 마찬가지로 한때 지역에서 시민사회 활동을 했던 이력의 소유자다. 안타깝다. 시민사회 활동가였다는 사람이 공공영역에 들어가서 고작 그따위 짓거리나 하고 있다니 한심하고 불쌍하다. 앞으론 어디 가서 시민사회 활동가 출신이라고 떠벌리지 말았으면 좋겠다.

언어의 한계는 나의 한계이다

분노와 저주의 말들이 난무하는 걸 보면서 선거철을 실감한다. 막말은 이제 일상적인 정치 언어가 되다시피 했다. 경쟁적으로 막말을 쏟아내니 도통 정신을 차릴 수 없을 지경이다. 여야를 막론하고 막말 퍼레이드를 벌인다. 모처럼 불고 있는 한반도 평화 바람에도 여지없이 '쓰레기', '정치쇼'라는 막말을 쏟아낸다. 그에 질세라 여당 대표는 야당을 향해 '청개구리'라고 쏘아붙인다.

두렵고 무섭다. 동시대인으로서 수치스럽기도 하다. 유령처럼 떠도는 혐오와 증오의 말들이 세상을 더욱 어둡게 한다. 도대체 무슨 마음으로 그리도 험한 말들을 쏟아내는가. 어느덧 우리는 세상을 환멸하고 욕하고 저주하는 데 익숙해졌다. 사람을 향한 말도 마찬가지다. 거침없이 저주의 말을 해댄다. 어떤 이는 맞아도 싸다거나, 죽어 마땅하다거나, 천벌을 받아야 한다거나. 어떤 이는 그 자리에 앉을 깜냥이 안 된다거나. 기업은 망해야 하고, 노동·사회운동을 하는 사람은 불순세력이고, 심지어 자식 잃은 슬픔에 잠긴 세월호 유가족에게 조롱과 경멸의 말들을 늘어놓기도 한다.

알겠다. 화나는 것 알겠다. 분노도 알겠고, 열패감도 알겠다. 그러나 막말을 늘어놓는다고 그 화가 풀리겠는가. 그런다고 득표에 도움이 된다고 생각하는 건가. 대체 뭐가 달라지겠는가. 제발 조금씩만 덜어내고 조금씩만 진정하자.

말은 내뱉는 사람의 인격을 드러낸다. 말의 내용과 그에 담긴 정보는 말하는 사람에 대한 인격에 따라 변질된다. 아무리 좋은 말이라도 말하는 사람에 대한 신뢰와 존경이 없다면 그 말은 죽은 말이다. 특히 다른 사람에 대해 말할 때는 말하는 사람의 본성이 드러나기도 한다. 사람에 대해 함부로 말하는 사람은 제아무리 유려한 말솜씨를 뿜낸다 해도 결국 자기 자신에 대한 불신과 혐오를 불러올 뿐이다. 그걸 모르는 바보들이 앞뒤 안 가리고 남의 험담을 늘어놓다가 사람을 다 잃고 만다.

우리가 평생 하는 말 중에서 반 이상이 나 아닌 남을 평가하는 말이라고 한다. 사실 말이 좋아 평가이지 실제로는 험담이거나 모함이기 일쑤다. 특히 당사자 없는 데서 하는 말은 위험하다. 건전한 말하기와 듣기는 지식과 지혜의 향연이다. O. 웬델 홈스Oliver Wendell Holmes Jr.의 말마따나 "말하기가 지식의 영역이라면, 듣기는 지혜의 특권"이다. 말로 지식을 뽐내는 사람이 있는가 하면 그 말을 지혜롭게 새겨듣는 사람이 있게 마련이다. 지식과 지혜의 주고받음이 아닌 말하기와 듣기는 수다에 지나지 않는다. 수다는 곧 남의 뒷담화로 이어진다.

"폴이 피터에 대해 말하는 것을 들어보면 피터보다 폴에 대해서 더 많이 알게 된다"는 스피노자의 말이 더 귀하게 들리는 이유다. 결국, 말하기와 듣기는 한 몸이다. 누군가에게 말을 하는 것은 그의 말을 듣고 싶다는 의사의 표현이다. 마찬가지로 누군가의 말을 듣는 것은 누군가에게 말하고 싶다는 의중을 드러내는 것이다. 주고받는 말의 내용이 곧 그들의 인격과 성격이다.

험담은 최소한 세 사람을 죽인다. 험담하는 본인과 험담의 대상자, 그 험담을 듣는 사람. 살기 위해 이 세상에 왔거늘 왜들 그리 서로를 죽이려 하는가. 여럿이 더불어 살아야 한다. 그러라고 받아둔 선물이 산더미를 이룬다. 밝고 빛나는 삶을 살라고 불을 선물받았고, 둥지를 짓고 살라고 지구라는 아름다운 터전에 왔다. 소통하고 공감하라고 수도 없는 생각을 말과 글로 벼려왔다. 그 모든 고귀한 선물을 왜들 그리 엉망으로 탕진하는

가. 왜들 그리 증오와 환멸의 삶을 살려고 하는가.

　사람들을 붙잡고 현실의 문제들을 논하라고 하면 끊임없이 부정의 말을 쏟아내지만, 정작 현실의 문제를 해결할 아이디어를 내달라고 하면 머뭇거리기만 한다. 『세상을 바꾼 비이성적인 사람들의 힘』에서 지적하는 말이다. 부정의 말에는 익숙하지만, 긍정의 신호를 내는 데는 서툴다.

　"나의 언어의 한계는 나의 세계의 한계를 의미한다." 비트겐슈타인의 말이다. 나의 말이 곧 나의 정체성이다. 나의 혐오가 또 다른 혐오를 부르고, 나의 바름이 올바른 관계를 만든다. 특히나 사람의 관계는 말투로 시작된다. 기분 좋은 사람으로 기억되기를 원한다면 배려의 말투부터 익혀야 한다. 말이 고우면 비지 사러 갔다가 두부 사 온다. 비단이 제아무리 곱다 한들 말같이 고운 것은 없다. 말 한마디로 천냥 빚을 갚는다.

모국어에 대한 예의를 지키는 일

대한민국 공무원의 대부분은 한글을 모른다. 낭설이거나 흰소리가 아니다. 경험을 통해 확인한 명백한 사실이다. 이토록 충격적인 사실을 밝혀내기 위해 10여 년 동안 전국 지자체의 인재개발원에 발품을 팔았다. 글쓰기 과제를 내주고 첨삭하는 일을 숱하게 해왔고, 그렇게 해서 확인한 사실이다. 우리나라 공무원들은 기본적으로 글쓰기가 안 된다. 그들이 작성한 공문서는 대부분 남의 글을 베낀 것이다. 가령 사업계획서를 쓴다고 할 때면 전년도 혹은 그 이전의 것을 베낀다. 그게 또 시원치 않으면 다른 지자체의 것을 빌린다. 그렇게 비슷한 문장이 돌고 도니 공문서의 내용은 매양 그게 그거다.

공무원이 진행하거나 공공기관에서 주최하는 행사는 재미없다. 지루하고 답답하다. 이유가 있다. 공기관의 행사는 대개 정해진 시나리오대로 진행되는데 그 시나리오가 낡을 대로 낡았다. 어떤 시나리오는 심지어 10년 이상 이어져온 것도 있다. 시작은 늘 내빈 소개부터다. 정작 중요한 사업내용에 설명은 행사 시작하고도 한참 지나서야 진행된다. 그쯤 지칠 대로 지친 시민들은 대부분 자리를 뜬다. 그럼 어쩔 수 없이 이해관계자만 남는다.

우리나라 사람 중에서 한글 맞춤법을 제대로 아는 사람은 얼마나 될까? 좀 공허한 질문이긴 하다. 소통하면 그만이지 맞춤법 따져 뭣 하느냐는 반문이 있을 수도 있겠다. 그럼 이런 질문은 어떤가. 우리나라 사람 중에서 자신의 의견이나 생각을 글로 써서 표현할 수 있는 사람은 얼마나 될까? 이 질문이라면 대략 감이 잡힌다. 내 생각에 얼마 되지 않는다. 대부분 글쓰기를 두려워하기 때문이다. 글쓰기에 대한 부담과 압박에서 자유로운 사람은 거의 없다. 그러니 생각과 글, 말과 글이 따로 논다.

모두 작가이거나 훌륭한 문필가가 될 필요는 없다. 다만 누군가에게 자신의 생각을 알리기 위해 몇 마디 글이라도 부담 없이 쓰게 되면 그만이다. 근데 그게 참 어렵다. 이유가 있다. 멀리 보면 책을 읽지 않는 것과 관련이 있다. 제대로 된 글을 읽는 것이야말로 좋은 글을 쓰기 위한 기초이다. 근데 책 읽기를 소홀히 하니 글쓰기가 안 된다. 두 번째는 굳이 글을 쓰지 않아도 아무 문제가 없었던 학창시절을 보냈기 때문이다. 초등학교 때나 잠시 글을 써봤을까, 중·고교 과정 중에 글쓰기에 대한 부담을 느꼈던 학생은 거의 없을 것이다. 교과과정 자체가 글쓰기와 무관하게 진행되니 그렇다. 대학생이 된다고 달라질 건 없다. 리포트는 그저 남의 글을 베껴 쓰는 기술이고, 학부에선 논문에 대한 부담도 없다.

그렇게 글쓰기의 기본을 모른 채 사회로 나온다. 오로지 영어 공부에 '올인'할 뿐 국어 실력을 쌓거나 제대로 된 글 한번 써보지 않은 채 사회로 쏟아져 나온 것이다. 오죽했으면 각 기업의 인사담당자 입에서 "요즘 젊은 직원들에게 가장 필요한 것은 영어가 아니라 한글 작문능력"이라는 말이 나오겠는가.

공무원 시험 과목에는 응당 국어가 포함된다. 그러나 임용된 공무원 중에 글쓰기의 기본을 갖춘 경우는 드물다. 문서 형식과 편집은 더할 나위 없이 깔끔한데 정작 글의 내용은 여전히 일본식 한자어를 남발하거나 비문과 오문이 수두룩하다. 심각한 문제다. 한때 입시에 논술이 추가되면서 일말의 기대를 걸게 했다. 그러나 '어륀지' 정권이 들어서면서 기대가 무너졌고, 입시 전형의 단순화를 기치로 내세운 정권 탓에 그나마 있던 논술은 고사되고 말았다.

읽지 않고서 잘 쓰기를 바라는 건 배지 않은 아이를 낳겠다는 것이나 마찬가지다. 읽기 활성화와 쓰기의 중요성을 강조하는 건 분리해서 생각할 일이 아니다. 읽고 쓰는 일의 중요성을 일깨우는 학교 교육과 사회의 분위기와 문화가 조성되어야 한다. 그게 모국어에 대한 최소한의 예의를 지키면서, 국가의 미래를 여는 일이다. "기록이 기억을 지배한다." 역사적으로 흥한 민족은 죄다 기록에 능한 민족이었다. 기록을 게을리했던 민족은 역사 속으로 사라지고 만다.

'소금꽃'과 민들레 연대

"잎사귀도 없이 꽃만 흐드러지게 피어나는 나무를 본 적이 있는가. 황금이 주렁주렁 열리는 나무를 본 적이 있는가. 아침 조회 시간에 사람들이 '나래비'를 죽 서 있으면 그들의 등짝엔 허연 소금꽃이 만개하곤 했다. 내 뒤에 선 누군가는 내 등짝을 또 그렇게 보며 "'화이바' 똑바로 써라. 안전화 끄내끼 단디 매라. 작업복 단추 매매 채아라." 그 지엄하신 훈시를 귓등으로 흘리고 있었을 게다. 이른 봄 피어나기 시작해서 늦가을이 되어서야 서러이 지는 꽃."

김진숙의 『소금꽃나무』를 펼치면 가장 먼저 위의 문장을 마주하게 된다. 그 이름도 생소한 '소금꽃'의 의미를 일러주는 이야기다. 나래비, 화이바, 안전화, 끄내끼, 작업복이라는 단어들로 보면 영락없이 노동자의 글이다. 저자인 김진숙은 1981년

한진중공업의 전신인 대한조선공사에 입사해 용접사로 일하다가 1986년에 해고됐다. 노조 집행부의 비리를 폭로하는 유인물을 제작, 배포했다는 게 이유였다.

이후 민주노총 부산본부 지도위원으로서 노동 현장에 계속 머물렀고, 2011년에는 해고노동자 복직을 촉구하며 35미터 높이의 85호 크레인 위에 올라 309일 동안 공중에서 투쟁하기도 했다. 그 기간 전국 각지에서 김진숙을 응원하기 위한 희망버스가 다섯 차례나 출진했고, 마침내 사측으로부터 해고자 복직 약속을 받아내기도 했다. 그러나 복직자 명단에 김진숙의 이름은 없었다. 언제나 그렇듯 김진숙은 자신의 복직 문제가 혹여 동료들의 복직에 걸림돌이 될까 슬그머니 명단에서 자신의 이름을 빼곤 했다.

『소금꽃나무』에는 눈물겨운 이야기가 넘쳐난다. 무엇보다 문학의 향취가 짙게 밴 문장들이 넘쳐난다. 중간중간 어쩜 이리 표현할 수 있을까, 어찌 사람의 마음을 흔들어놓을 수 있을까, 경외의 마음을 품지 않을 수 없게 된다.

"낮은 곳에 피었다고 꽃이 아니기야 하겠습니까. 발길에 차인다고 꽃이 아닐 수야 있겠습니까. 소나무는 선 채로 늙어가지만 민들레는 봄마다 새롭게 피어납니다. 부드러운 땅에 자리 잡은 소나무는 길게 자랄 수 있지만, 꽁꽁 언 땅을 저 혼자 힘으로 헤집고 나와야 하는 민들레는 그만큼만 자라는 데도 힘에 겹습니다. 발길에 차이지만 소나무보다 더 높은 곳을 날아 더 멀리 씨앗을 흩날리는 꽃. 그래서 민들레는 허리를 굽혀야 비로소 바라볼 수 있는 꽃입니다."

진실이 담긴 글, 가슴으로 하는 말이란 본시 이런 것이다. 꾸미지 않아도 저절로 사람의 마음을 움직이고, 소리 높이지 않아도 저절로 폐부를 파고드는 비수가 되는 글, 그런 '진숙'한 말과 글의 힘을 확인하며 읽고 또 읽었던 기억이다.

"민들레보고 올라오라고 할 게 아니라 기꺼이 몸을 낮추는 게 연대입니다. 낮아져야 평평해지고 평평해져야 넓어집니다. 겨울에도 푸르른 소나무만으로는 봄을 알 수 없습니다. 민들레가 피어야 봄이 봄일 수 있지 않겠습니까. 생애 처음 민들레를 기다리는 봄, 이 설렘을 동지들과 나누고 싶습니다."

코로나가 사람들의 발길을 멈추게 했다면 느닷없이 찾아온 강추위는 그예 마음까지 얼어붙게 한다. 바이러스와 추위, 빈곤의 고통을 겪고 있는 와중에 다시금 힘을 내야 할 일이 생겼다. 다시금 일어서야 할 일이 생겼다. 다시 뭉쳐야 할 일이 생겼다.

암 투병 중인 김진숙이 올해 정년(60세)을 맞았다. 정상적으로 다녔다면 무려 40년 차가 됐을 베테랑 노동자지만 그의 노동은 무려 35년 동안 멈춰서 있다. 그 잘려 나간 35년과 앞선 5

년의 노동을 잇는 일을 해야 할 시간이다. 5년 동안의 '노동'과 35년 동안의 '노동운동'이 만나 노동의 안과 밖을 동시에 아우르는 진정한 노동의 역사가 기술되어야 한다.

오는 12월 19일(토요일) 부산에서 만나자. 김진숙의 복직을 응원하고 김진숙의 건강을 기원하며, 혹은 '드라이브스루'로, 혹은 몸으로 마음으로 함께 외치자. 민들레에게 올라오라고 할 게 아니라 기꺼이 몸을 낮추는 연대, 김진숙에게 올라오라고 할 게 아니라 우리가 내려가서 어우러지는 아름다운 연대를 하자고.

이 책에서 소개한 책, 영화, 노래

1.

『굿바이 E. H. 카』, 데이비드 캐너딘 지음, 문화사학회 옮김, 푸른역사, 2005.

〈꽃구경〉, 김형영 작사, 장사익 작곡.

〈나라야마 부시코〉, 이마무라 쇼헤이 연출, 1983.

「나의 어머니」, 『살아남은 자의 슬픔』, 베르톨트 브레히트 지음, 김광규 옮김, 한마당, 1985.

『다음 책』, 조효원 지음, 문학과지성사, 2014.

『몽테뉴 수상록』, 미셸 에켐 드 몽테뉴 지음, 손우성 옮김, 동서문화사, 2007.

『몽테뉴의 숲에서 거닐다』, 박홍규 지음, 청어람미디어, 2004.

『베로니카, 죽기로 결심하다』, 파울로 코엘료 지음, 이상해 옮김, 문학동네, 2003.

『사람아 아, 사람아!』, 다이허우잉 지음, 신영복 옮김, 다섯수레, 2011.

『살리는 일』, 박소영 지음, 무제, 2020.

『소금꽃나무』, 김진숙 지음, 후마니타스, 2007.

『야간비행』, 앙투안 드 생텍쥐페리 지음, 윤정임 옮김, 더클래식, 2017.

『어떻게 살 것인가?』, 사라 베이크웰 지음, 김유신 옮김, 책읽는수요일, 2012.

『인간과 그 밖의 것들』, 버트런드 러셀 지음, 송은경 옮김. 오늘의 책, 2005.

『인포메이션』, 제임스 글릭 지음, 박래선·김태훈 옮김, 동아시아, 2017.

『전태일 평전』, 조영래 지음, 돌베개, 1983.

『책 읽어주는 남자』, 베른하르트 슐링크 지음, 김재혁 옮김, 시공사, 2013.

『처음처럼』, 신영복 지음, 랜덤하우스코리아, 2007.

「청산은 나를 보고」, 나옹선사 지음.

〈킹스맨〉, 매슈 본 연출, 2014.

『태도의 말들』, 엄지혜 지음, 유유, 2019.

『한 번도 경험해보지 못한 나라』, 강양구 외 지음, 천년의상상, 2020.

『한창훈의 나는 왜 쓰는가』, 한창훈 지음, 교유서가, 2015.

『형사 실프와 평행우주의 인생들』, 율리 체 지음, 이준서·이재금 옮김, 민음사, 2010.

『휴먼카인드』, 뤼트허르 브레흐만 지음, 조현욱 옮김, 인플루엔셜(주), 2021.

2.

『가난의 문법』, 소준철 지음, 푸른숲, 2020.

『강남, 대한민국의 낯선 자화상』, 강준만 지음, 인물과사상사, 2006.

『강의』, 신영복 지음, 돌베개, 2004.

『과학과 종교 사이에서』, 김용준 지음, 돌베개, 2005.

『교복 위에 작업복을 입었다』, 허태준 지음, 호밀밭, 2020.

『권력』, 화원위엔 지음, 정광훈 옮김, 한스미디어, 2005.

『귀향』, 베른하르트 슐링크 지음, 박종대 옮김, 시공사, 2013.

『그림을 본다는 것』, 케네스 클라크, 엄미정 옮김, 엑스오북스, 2012.

『나는 시간이 아주 많은 어른이 되고 싶었다』, 페터 빅셀 지음, 전은경 옮김, 푸른숲, 2009.

『내 서재 속 고전』, 서경식 옮김, 한승동 옮김, 나무연필, 2015.

『내가 공부하는 이유』, 사이토 다카시 지음, 오근영 옮김, 걷는나무. 2014.

『논어』, 공자 지음.

『마르크스, 뉴욕에 가다』, 하워드 진 지음, 윤길순 옮김, 당대, 2005.

『맥스 테그마크의 라이프3.0』, 맥스 테그마크 지음, 백우진 옮김, 동아시아, 2017.

『민중과 지식인』, 한완상 지음, 정우사, 1989.

『비행운』, 김애란 지음, 문학과지성사, 2012.

『빌 브라이슨 발칙한 미국학』, 빌 브라이슨 지음, 박상은 옮김, 21세기북스, 2009.

『사피엔스』, 유발 하라리 지음, 조현욱 옮김, 김영사, 2015.

『생각에 관한 생각』, 대니얼 카너먼 지음, 이창신 옮김, 김영사, 2018.

『생물과 무생물 사이』, 후쿠오카 신이치 지음, 김소연 옮김, 은행나무, 2008.

〈세렌디피티〉, 피터 첼솜 연출, 2001.

『세상에 예쁜 것』, 박완서 지음, 마음산책, 2012.

『세상의 바보들에게 웃으면서 화내는 방법』, 움베르토 에코 지음, 이세욱 옮김, 열린책들, 2009.

『인문학의 미래』, 월터 카우프만 지음, 이은정 옮김, 동녘, 2011.

『죽음의 수용소에서』, 빅터 프랭클 지음, 이시형 옮김, 청아출판사, 2020.

『중국인 이야기』, 김명호 지음, 한길사, 2012.

『천년습작』, 김탁환 지음, 살림, 2009.

『콜레라 시대의 사랑』, 가브리엘 가르시아 마르케스 지음, 송병선 옮김, 민음사, 2004.

〈택시운전사〉, 장훈 연출, 2017.

『페스트』, 알베르 카뮈 지음, 김화영 옮김, 민음사, 2011.

『학문의 즐거움』, 히로나카 헤이스케 지음, 방승양 옮김, 김영사, 2001.   .

『호모 데우스』, 유발 하라리 지음, 김명주 옮김, 김영사. 2017.

3.

『공허의 1/4』, 한수영 지음, 민음사, 2004.

『관용의 역사』, 김응종 지음, 푸른역사, 2014.

〈괴물〉, 봉준호 연출, 2006.

〈링컨〉, 스티븐 스필버그 연출, 2013.

『베를린에서: 18년 동안 부치지 못한 편지』, 어수갑 지음, 휴머니스트, 2004.

『보좌의 정치학』, 이진수 지음, 호두나무, 2015.

「불망기(不忘記)」, 『저문 강에 삽을 씻고』, 정희성 지음, 창비, 1978.

『생각의 탄생』, 미셸 루트번스타인·로버트 루트번스타인 지음, 박종성 옮김, 에
    코의서재, 2007.

『서평 쓰는 법』, 이원석 지음, 유유, 2016.

『세상을 바꾼 비이성적인 사람들의 힘』, 존 엘킹턴·파멜라 하티건 지음, 강성구
    옮김, 에이지21, 2008.

『소금꽃나무』, 김진숙 지음, 후마니타스, 2007.

『안익태 케이스』, 이해영 지음, 삼인, 2019.

『유럽은 어떻게 관용사회가 되었나』, 벤자민 J. 카플란 지음, 김응종 옮김, 푸른
    역사, 2015.

『유혹의 심리학』, 파트릭 무르안 지음, 이세진 옮김, 북폴리오, 2005.

『인공지능의 시대, 인간을 다시 묻다』, 김재인 지음, 동아시아, 2017.

『인문학의 미래』, 월터 카우프만 지음, 이은정 옮김, 동녘, 2011.

〈카드로 만든 집〉, 마이클 레삭 연출, 1993.

『표백』, 장강명 지음, 한겨레출판, 2011.

『한 권으로 읽는 브리태니커』, A. J. 제이콥스 지음, 표정훈·김명남 옮김, 김영사,
    2007.

『향수』, 파트리크 쥐스킨트 지음, 강명순 옮김, 열린책들, 2009.

『흥한민국』, 심광현 지음, 현실문화, 2005.